TAKE
SHOBO

離婚前提のお飾り王妃のはずがスパダリ英雄王と溺愛新婚生活始まりました!?

華藤りえ

Illustration
天路ゆうつづ

蜜猫
MitsuNeko

contents

イラスト／天路ゆうつづ

離婚前提のお飾り王妃のはずが

スパダリ英雄王と溺愛新婚生活始まりました!?

波が左舷《さげん》をざぶんと叩《たた》き、船体が大きく揺れた。

身体が傾《かし》ぐほどの衝撃に我を取り戻したエレインは、息を呑《の》んで我を取り戻す。

目の前には恐ろしいほど鋭く、冷ややかな色をした蒼《あお》い瞳で自分を見つめる若い男――ロアンヌの王であるアデラール――が、変わらずの無表情ぶりでエレインの返事を待っている。

気を取り落としていたのは一秒だろうか、それとも一分？

自分でも分からないまま、今が現実であることを確かめるためだけに唾を呑む。

喉が隆起すると同時に引き攣《つ》れた痛みが走ったが、逆に気持ちは落ち着いた。

（大丈夫。治せる。難しい症状じゃない。……それに私の立場だって、人質姫が田舎姫に逆戻りするだけ。だったら今までと変わらない）

多少――いや、かなり冷遇され、ひょっとしたら今までより意地悪されるかもしれないが、そんなの慣れっこだ。

それより目の前にある救える命に手を差し伸べないことが、ずっと罪深い。

そう。なんの問題もない。

エレインは額《ひたい》から落ちかかる金髪を指で掬《すく》うと、恐る恐る息を継ぎ、それから力を込め顔を真《ま》っ直《す》ぐにアデラールへ向ける。

一瞬、アデラールの高熱の焔《ほのお》めいた蒼い瞳の奥に不安がくゆるのが見えた気がした。

が、それに関わっている暇はない。

ともかく、この騒ぎを——船内に疫病人《えきびょうにん》が出たと誤解し混乱する船内を治めなくては。

そのためには誤解を解くことが肝心だ。

自分が身に付けた、この姫らしからぬ薬師としての腕で。

自分の中に確固とした芯が通るのを感じながら、エレインは一言一言に力を込めながら声を出した。

「やれます。私、彼を治療することができます」

第一章

大陸の北西、ブリティス諸島の半分を領土とするブリトン王の宮殿で、一人の娘が目を覚ます。

誰よりも遅く休み、誰よりも早く起きる娘の歳は十八で、人生で最も幸せで美しいとされる花の盛りにも関わらず、自分のためになにかを楽しむ余裕はない。

それだけ聞くと水汲《みずく》みの下女か、あるいは台所のかまど番かと首をひねるだろうが、どちらも違う。

寝ずの警備をする夜番の兵士より働き者で、寒い冬も暑い夏も変わらず一番に目を覚ます娘の名前はエレイン・ウェセックス＝ブリトン。

国の名を冠する王女であり、この国の王の最初の娘であり、そして〝田舎姫《いなかひめ》〟と周囲に嘲《あざけ》られる庶出の姫の名でもあった――。

夜明け間際の薬草温室は静まりかえっていた。

東の空がほの白くなりだせば、朝市へ野菜を運ぶ農家の荷車が市街を行く音が届き、一番鶏《いちばんどり》が夜明けを告げる声も聞こえだすだろうが、まだ一時間ほど先の話だ。

エレインは、己が吐く息から白さが少し薄らいでいる気がして、手に持っているランタンを掲《かか》げる。

足下を照らすだけであった橙色《だいだいいろ》の灯がぱっと温室の入口を明るくし、エレインが身に着けた王女というには粗末でなんの飾りもない麻のドレスと、下女めいた白いエプロンを闇から鮮やかに浮き立たせる。

それらの色が何一つ吐息で曇らないのを見て、エレインは知らず呟《つぶや》いていた。

「……春が近い」

つい先日、狩猟の森にある木蓮《もくれん》が満開になり、雪の名残《なごり》のごとき純白の花弁を風に揺らしていたのに、たった十日ほどで早春は終わり、本格的な春を迎えていたのだ。

次に温かい西風が吹けば砂糖菓子のような小さな房をつける黄色いミモザや野生のヒヤシンスが緑を彩るように花開き、その葉陰で、紫に薫り高いすみれの花弁が揺れだすだろう。

けれどこの温室にはそれら観賞用の花はない。

あるのは緑の葉ばかりの草か、色も形も地味な小花ばかり。

しかしエレインにとっては、この薬草温室とそこにある鉢植えの香草や薬草は、今は亡き母から譲られたたった一つの遺産なのだ。

たとえ屋根の硝子《がらす》の一枚や二枚がひび割れ、欠けていても、庭師ですら手入れをしない王宮の外れにあったとしても、彼女にとってなによりも大切な宝物であり、城の中で一番安心できる場所だった。

(花を沢山咲かせたいから、マリーゴールドの鉢植えと、乾燥中のコンフリーの束《たば》を日当たりがいい場所に移動させて、それから薄荷《ハッカ》の新芽を摘んでお酒につけておかないと、消毒薬が足りなくなってしまう)

後は森に入ってチコリの紫をした花と、温室に植え移す株の目当てをつけておかないと——などと、考えながら、エレインは王女とも思えぬ手際の良さで、てきぱきと作業を進めていく。

その過程で手が泥まみれになろうと、雑草や薬草を摘んだときの汁で爪が薄緑に染まろうと気にしない。

そんなんだから田舎姫と笑われるのだとわかっているが、この薬草温室の手入れと薬師《くすし》としての勉強だけはやめたくない。

できることならば王女の身分などその辺の下水に捨てて、辺境の地で自然と共に暮らしていきたい。そう。母が生きていた頃のように。

——エレインの母は、隣国アルバと境を接するノーサンブリアの辺境伯に庇護《ひご》される薬師だった。

今でこそ和睦が成って、行商人の宿場町として栄えるノーサンブリアだが、十八年ほど前はアルバ王国との戦争における最前線で、教会の鐘よりも大砲が鳴る数が多い都市として有名だった。

そんな時、王太子だったエレインの父は、物語で読んだ英雄の軍功に感化され、よせばいいのに周囲に黙ってお忍びでノーサンブリアまで馬を走らせ、そのまま迷い、敗残兵狩りの流れ矢が脚に当たって落馬したのだ。

しかも落馬した場所は吊り橋《つりばし》の上で、道化師が語る民話よりも滑稽な格好で河へざぶんと落ちて流され、水を飲み、ようやく岸辺に辿《たど》り着《つ》いた途端、脚の痛みと疲れで意識を失った。

父が幸運だったのは、流れた場所が、薬師たちが夏にしか取れない野草を摘むために宿泊する仮小屋の裏だったことだ。

薬草を挽《ひ》く水車が止まっているのをいぶかしんだエレインの母に発見されなければ、きっと別の人物が王になっていただろう。

ともかく、父王は傷からの熱でうなされては頭を冷やし、痛みに弱音を吐けば手を握りしめてくれる美しい娘に恋をして、ケガが治るが早いか求婚した。

必ず迎えに来ると約束してノーサンブリア辺境伯に娘——エレインの母を庇護するよう言い含めて。

それから二年経《た》たずして隣国との戦争が和睦によって終結し、王が旅立ってかっきり九ヶ月後にエレインが生まれた。

その頃までは、多分、父王も母を愛していたし、迎えに来る気もあっただろう。けれど戦争が終われば今度は内部の権力闘争が始まって、ブリトンは王党派と貴族派に分かれ一触即発状態。

それを円満に収めるためにと、王は貴族派の急先鋒《きゅうせんぽう》だったある公爵の長女を娶《めと》り王妃とし、かつて命を救ってくれた美しき乙女にも、その乙女との間に生まれた娘にも会わず、二人の身柄を預かるノーサンブリア辺境伯に対し養育費と生活費を渡すのみだった。

といえば悲惨な境遇に思えるだろうが、エレインにとってはむしろ逆で、ノーサンブリア辺境伯領地での暮らしのほうが、この王宮での暮らしよりずっと気楽だった。

母は王の愛人であったが、そのような地位に満足してのうのうと暮らすような性格ではなかった。

働かざるもの食うべからず。実直な労働には相応の対価を。——との信条に従って、変わらず薬師として腕を振るっていた。

なので、辺境伯の配下にある兵達はもちろん、余ったからという見え透いた嘘《うそ》で、風邪薬だの熱冷ましなどを教会に置いていく母は、民からも敬愛されていた。

どこから来たのか。どうして森で薬師をしていたのか。

それについては語ることは多くなかったが、持ち物や薬草の知識、そして平民にしては優美な身のこなしから、アルバ王国の貴族——高地民族《ハイランダー》のいずれかの血盟《クラン》に属していたものの、何らかの理由で追放されたか、あるいは戦で血盟自体が滅んだかしたのだろうことは知れた。

ともかく見た目のたおやかさとは裏腹に、波瀾万丈《はらんばんじょう》な人生をよよと泣き崩れることもなく、面白ければ声を上げて笑い、怒る時は男相手だって一歩も引かなかった。

そんな母に育てられたのだから、エレインも王女とは名ばかり。

唯一、他の娘達との違いがあるとするならば、辺境伯の長男であり、エレインより三つ年上の幼なじみであるユアン・マクレイが、護衛かつ婚約者として定められていたことぐらいだろうか。

庶子とはいえ王の血を引く娘。そこらの牛飼いや兵士に嫁がせる訳にはいかんと辺境伯が王に訴え、王も、国境を守る要所を領地とし、強靱《きょうじん》な兵を持つ辺境伯を姻戚にする利点に釣られ、わずか三歳でもう将来の夫が決められてしまった。

結婚はエレインが十六になってか、あるいはユアンが二十となって騎士叙任を受けた時に、王都で王を証人として式を挙げるとまで決まっていたが——未《いま》だにエレインは未婚の娘のままである。

母が流行病《はやりやまい》で死に、それを切っ掛けに王都に居を移して二年。

遅くても来年には婚礼だろうと噂《うわさ》され、当人同士もその心づもりでいたが、王は一向に式の許可状に判を押さず、のらりくらりと交わすばかり。

本来なら怒っていいはずのユアンも、最近では結婚の話を避けたがるようになり、どころか、エレインに会いに来ることも少なくなった。

騎士としての修練が忙しいから、貴族の付き合いも大事だから——と言われているものの、本当の理由はそうでないとエレインは悟っていた。

薬草温室の手入れが終わり、外の井戸で身を清めて部屋に戻ると、居間にあるテーブルの上に朝食の皿がぽつねんと置かれていた。

白くなんの飾りもない丸皿の上には、焼いた燻製《くんせい》豚肉と目玉焼き、それに申し訳程度の菜っ葉が少々、あとは乾いた雑穀パンが二枚という、下級侍女に出されるような食事が冷えている。

というより、エレインのために用意された食事は侍女たちがこっそりいただき、食べきれなかった分をそれっぽく取り分けて置いているのだろう。

辺境の暮らしで粗食になれているエレインにしてみればこれで充分事足りるが、生まれも育ちも王都の姫なら、いや、貴族令嬢であるならば、意地悪な仕打ちだとしくしく涙を流すに違いない。

しかもうんざりすることに、部屋の主が食事を取ろうかというこの時を狙って、侍女達が箒《ほうき》やはたきで掃除をしては埃《ほこり》を散らしている始末。

（その程度のことで壊れるお腹《なか》でもないですけれど）

自分の健康さに感謝しながら目玉焼きにナイフを入れ、黙々と食事を勧めていれば、どこからともなくクスクスとした笑い声がひびき、みっともない、礼儀がなってないと、聞こえているのを承知で侍女が囁《ささや》きを交わす。

庶子のエレインを疎ましく思う正妃の差し金だろう。

それに加え、王宮の部屋付き侍女といえば、田舎領主の娘や騎士の娘などの准貴族が行儀見習いとして務めることがほとんどで、平民が採用されることはまずない。

つまるところ彼女らからすれば、どこの生まれの物とも知れぬ女から生まれ、十六まで辺境で育った娘が、王の血を引いているという事実だけで姫扱いされているのが妬ましいのだ。

だからこうして幼稚な嫌がらせをしては、安っぽい虚栄心を満足させようとする。

（辺境とはいえ、辺境伯——侯爵級の貴族城主の元で礼儀作法は躾《しつ》けられているんですけれどね）

いつ王都に呼ばれても恥ずかしくないようにと、それはもう厳しく、ぬかりなく教育されたのを思い出しつつ、粗末な朝食をさっさと食べ終え席を立つ。

これからどうしようか。

図書館へ行って本を借りようにも、先日持ち出した分がまだ読みきれていない。

かといって田舎姫のエレインをお茶会に誘う奇特な貴族令嬢もおらず、また退屈な一日が始まりそうだとげんなりしていたら、音をたてて羽根ばたきを振るっていた黒髪の侍女が、これ見よがしのしかめっ面で口を開いた。

「そこ、掃除したばかりだから触らないでくださいよ」

「田舎臭さが移ったら落とすのが大変じゃないですか。……王女たるもの、下々の者のことも少しは考えてくださいよ」

待っていたかのように悪口と意地悪を浴びせられ、傷つくよりも呆《あき》れてしまう。

侍女たるもの、主の王女にはもう少しましな口を利くべきではないかしら？　そう言いたいのを我慢して手を退くと、今度は箒をもった侍女がエレインの靴の上から床を掃く。

――本当に、どうして宮廷ってこうなのかしら？

正妃の指示であればなにをしても構わないと思っているところが、どうにもエレインは受け入れられない。

かといって言い返せば、彼女らは正妃に告げ口し、正妃は父王へエレインのしたことに尾ひれどころか角と牙までつけて耳に入れるのだ。

まったくあの田舎姫はしょうがない！　王家の恥だ！　と。

国王の一番最初に生まれた王女ではあるけれど、正式な結婚によるものではない。

だから、父王は正妃とその娘――エレインの異母妹――の機嫌をうかがって、決してエレインの味方をすることはない。

頼みの綱となる母方の親族は一人も知らず、いたとしても平民ではなんの後ろ盾にもならない。

唯一、弟である末っ子のエドワードだけはエレインを姉として慕うが、生まれつき病弱な彼とは滅多に会わない。

（普通、父親ならもう少し娘のことに気遣ってくれてもいいと思うのだけれど）

諦めとあきれをない交ぜにしつつ心の内だけでぼやく。

命を助けてくれた美しい乙女も、王都に戻ってみれば大した美女ではなかったと気付いたのか、それとも正妃の実家である公爵家が怖いのか。

父はエレインについては完全に知らぬ存ぜぬを貫いており、五体満足であるのなら多少侍女や貴族令嬢からいじめられていようとかまわないといった態度で、関わる気がなく、顔を合わせて親子でお茶をという誘いはなおのことなかった。

そうであるならば、一生、ノーサンブリア辺境伯領に放置しておいてくれればいいのに、近年、辺境伯一派と王都貴族の仲がよろしくないため、軍事力が強い辺境伯を牽制《けんせい》するのに辺境伯長男のユアンをエレインとの婚約および結婚を祝福するとの名目で王都に呼び寄せ、宮廷に住まわせてはどうかと家臣らにつつかれ、そのとおりにしてきたのだから、本当に迷惑なことこの上なし。

さっさと結婚の許可状を貰《もら》って辺境領へ帰りたい。

飼っていた馬は元気にしているだろうか。

ヒースの野原は、今年どれほど美しい景色を見せてくれるだろうか。

そんなことを考えつつ部屋の隅でぼんやりしていると、掃除に飽きた侍女たちが、ああそうだと今更のように告げてきた。

「国王陛下が至急、謁見の間にいらっしゃるよう仰せでした」

澄まし顔で言われ耳を疑った。

驚きのあまり目が丸くなってしまう。

朝食の用意や掃除より、いや、田舎くさいとかいう嫌味《いやみ》より、最初にそれを伝えるべきだろう。

時計を見れば、部屋に戻ってすでに三十分は過ぎている。

ここから謁見の間まで早足で行っても三十分はかかるから、やんごとない国王陛下を一時間は余裕で待たせてしまう。

あんぐりと口をあけたのも束の間《つかのま》、頭が怒りで熱くなった。

これは本題に入る前に一時間は嫌味、罵倒、説教がもれなく付いてくるだろう。

してやったりの顔をして笑う侍女を睨《にら》む暇こそおしみつつ、エレインは王女にあるまじき早さで王宮の回廊を突き進んでいく。

また田舎姫の無作法がどうの言われるだろうが、気にしている場合ではない。

謁見の間に入ると、不機嫌な表情をした父親が玉座に座っており、その後ろになぜか異母妹のエレンと婚約者のユアンが並び立っていた。

ものすごく、嫌な予感がする。

眉をひそめたいのを我慢してドレスの裾を摘まんで腰を屈《かが》めると、父王が妙にわざとらしい咳払《せきばら》いを落とした。

第一声で「遅い」と怒鳴られ、思いつく限りのあれこれをあげつらって説教されると思い込んでいたエレインは、拍子抜けしつつ父と視線を合わす。

すると一秒も持たずに父のくすんだ水色の瞳が左へとそれる。

——これはまた、ろくでもない話をされるのではないか。

というのも父は、悪いことをしたり頼んだりするとき、なぜか相手と視線を合わせられないという子どもじみた癖があるのだ。

表情こそ不機嫌を装っているが、エレインの真っ直ぐな視線から逃れるように、右に行った父王の目線が左へと移動し、それから下、最後に上と流れ、諦めた様子で正面に留まる。

「エレインよ。お前に話がある」

「はあ……？」

思わず間の抜けた声がでてしまったが、仕方ないだろう。

朝一番に謁見の間に呼んでおいて、なんの話もなく顔を見たかっただけだというほど、父娘の距離は近くない。

「実は縁談があってな」

「縁談があるから、私は、そちらのユアンと婚約しているのでは？」

改まった仕草で王の権威を振りかざし言われるが、なにが言いたいのかわからない。

隣国アルバとの国境を守り、国内でも強い兵と豊かな土地を持つノーサンブリア辺境伯と王家のつながりを太くするとの名目で、一歳にもならぬうちに婚約させられたというのに、今更なにをいっているのだろう。

わからず目をまばたかせれば、それまで黙って成り行きを見守っていた異母妹のエレンが、我慢できずといった様子で吹き出した。

「嫌だわ、これだから田舎者は。所作が垢抜《あかぬ》けないだけでなく、間抜けで察しが悪いのだから」

侮蔑を隠そうともせず異母姉であるエレインを馬鹿にし、エレンは綺麗《きれい》に磨かれた上に小さな宝石まで貼り付けた爪を己の唇へ当てる。

人前で、しかも相手の婚約者と父親がいる面前で罵る性格の悪さは許されるんですか？　と言いたいのを我慢してむっと口を引き結ぶと、エレンがしてやったりの様子で目を細める。

彼女の隣にいるユアンは、婚約者であり騎士として護衛すべき主《あるじ》でもあるエレインが馬鹿にされたというのに異論を唱えることもなく、眉を寄せた困惑顔で父王と同じくエレインから目を逸《そ》らし、無関係のように装《よそお》う。

一年ほど前であれば傷ついただろうこの光景も、今となっては失望すら覚えない。

己が領地にいるときは、辺境伯の跡継ぎで騎士団の若手をまとめる力量があったユアンも、王都に来てからというものすっかり人が変わってしまった。

ことあるごとに野蛮だ、無作法だと陰湿な陰口をたたかれるうちに萎縮《いしゅく》し、国境を守る辺境騎士の誇り高さをなくし王宮貴族におもねるようになったのだ。

（貴族らしく振る舞えば振る舞うほど女性から慕われるから、それもあったのだろうけれど）

色白で細い王都の貴族とは対照的に、鍛え上げた身体と陽《ひ》に焼けた肌をしている上に、ユアンは割合顔が整っており、凛々《りり》しい眉や引き締まった唇が野性的だと、エレインの異母妹であるエレンを始めとして、侍女や貴族令嬢らも黄色い声を上げていた。

それに加え、エレインとは違い辺境伯という後ろ盾があることもあり、田舎から出てきてなにかと不便でしょうにと世話を焼く女性らにより、すっかり骨抜きにされる始末。

同時に、田舎姫のエレインなどより、生粋の姫であるエレンの騎士に相応《ふさわ》しいと持ち上げられて、すっかりその気になっている。

三年前までは家族同然の仲だったというのに、今ではエレインの側にいることで、田舎者だと思い出されるのが嫌で仕方ない様子。エレインの護衛騎士だというのにまる一日顔を合わせない事も多い。

物心つく前に婚約が決まっていたため、男女としての恋愛感情は皆無だが、家族として、妻となる者として残念に思うのは仕方ないだろう。

一向に誰も口を開かず、クスクスと笑うエレンの声ばかりが響くのにうんざりしたエレインは、おどけたしぐさで肩をすくめる。

「察しが悪いといわれても。婚約者がいるのに縁談が決まったなどと荒唐無稽な話を、なんの説明もなしに理解できるわけがないでしょう。法律が一妻多夫制になったのでもない限り、私にはまるでわかりません」

馬鹿にされたところで痛くも痒《かゆ》くもない。もとより異母妹たちはエレインを認める気がないのだから、どう答えたところで同じと開き直る。

嫌味も皮肉も効かないことに気付いたエレンが、ほんのわずかに眉をひそめるのを無視しつつ、エレインは父王に詰め寄った。

「まずは納得のいく説明をしていただかないと」

王の権威を振りかざし、怯えさせることで否といわせず、ろくに説明もないまま自分の都合で娘を駒のように動かそうと考えていたのだろう。父王は思わずといった様子で舌打ちし、〝縁談〟について語り出す。

「海峡を挟んで大陸側にある大国、ロアンヌについて知っておるか」

島を南北に二分するブリトンとアルバ、その両国から海を挟んで対岸にあたる国で、大陸でもかなりの広さを領土に治めている国だ。

「先代の王が急死したとかで、大公や公爵たちがそれぞれに王を名乗って、内乱状態にあると側聞しておりますが」

もう二十年以上、国が小国に分裂し内乱状態にあったことを、教科書どおりに答えると、王はさして関心した様子もなく続けた。

「そのロアンヌだが、最近、成長した先王の第一王子が戦でもって国内を統一し王となったのは知っているか」

まあそういう噂もあった。

先王が死亡した際はまだ幼児でしかなく、そのため叔父である大公により、帝王教育の建前で、隣国の修道学院へと送られて半幽閉状態だった王子アデラールが、五年前、幽閉先から脱出し、行方をくらませた。

そしてつい先年、突如として戦場に姿を現し、悪鬼のような戦いぶりで敵を駆逐し、自らを幽閉した叔父とその妻を処刑し王となったと。

そのため、冷酷王だの、流血の獣だの、ぶっそうな二つ名で呼ばれ市民はもとより貴族たちからも厭《いと》われ、話題にすることさえ避けられているという。

土地続きで領土が接しているならいざ知らず、船で渡っても五日はかかる海峡が間にあるため、ロアンヌ王国の内情に関する連絡は遅く、政治的関心は尚更《なおさら》薄い。

しかも、隣国のアルバといつ戦争が再燃するともしれないとあれば、下手につついて挟み撃ちされるのは良策ではない。

そのため、政治的には中立を貫き、貿易のみ盛んに行っていた状況だったが。

エレインが答えようとすると、先を制して父王が言う。

「先日、新王となったアデラールから使者が送られてきてな。戴冠式に出席しろとでも言うのかと思ったら、古くさい帳簿を持ち出して、ロアンヌが十年にわたりブリトンに売却した大砲三千門の代金が支払われてないため、至急、支払うよう求めてきた」

「は？」

さすがにこれには目を丸くしてしまう。

大砲など、一門で市民の生涯年収および家一件分の値段だ。それが十年分、三千門となればちょっとした都市を丸ごと売り渡すも同然の値となる。

「なぜ、大砲を」

「このブリトン諸島の鉱山はその大半が北に……アルバ王国の領土にあり、高地民族《ハイランダー》の血盟《クラン》が守備と利益を抑えておる。南部を領土とするわれらブリトン王国が鉄を手に入れるには、ロアンヌからの輸入に頼るしかないのは常識であろう」

「そうではなく！　十年も支払いをされていなかった理由を問うているのです」

一年ずつの支払いなら、軍事費から捻出することは充分可能だ。

だがまとめて十年分を一括返済しろと言われても困るし、第一に、その十年分の金はどこに消えたというのだ。

ごまかされるものかと父王を睨むと、相手はつと視線を横へ移動させ側にたつ愛娘《まなむすめ》――正妃から生まれた、自身の二番目の姫であるエレンへやって咳払いする。

(なるほど。そういうことですか)

軍務大臣や法務大臣といった要職は、正妃の親族で占められている。

そして彼らは他の追随を許さない権力と、それに相応しい贅沢《ぜいたく》を満喫している最中で――。

ようは横領されたか、あるいは最初から支払う気もなく買い入れ、相手の国が戦争ということを利用し、どさくさに紛れて払ったことにしてごまかしていたのか。

どちらであっても、ろくでもない。

説明を避けたがったり、エレインに口を挟ませないようまくし立てたりしていたのは、十年間ずっと相手をだましていたが、王が違う者になった途端バレたというところだろう。

平和な時であれば時間をかけての返済も提案できたし、相手もそれを呑む余裕があったかもしれないが、内乱が平定されたばかりとあれば、あちらも、国内を再建しようと資金を集めていると読むのは容易《たやす》い。

結果、支払え、支払えないのやりとりが激化して――。

「すぐに支払えないのであれば、それなりの担保を渡せといわれて私を差し出す訳ですか」

怒りを通り越し、呆れさえしながら核心を突くと、父王がぎょっとした顔で声を荒らげた。

「……エレイン！　ものには言いようがあるだろう」

（なにが言いようですか。言葉で取り繕ったところで、王位継承権のある姫を借金の担保に渡せと言われた……物代わりの人質じゃないですか！）

縁談と形をとりつくろっているが、おそらく本来の意味で婚姻はしない。

いわゆる白い結婚で、離宮かどこかの城に幽閉されるのは目に見えている。

しかも相手は野蛮だの残虐だのと噂される英雄王。

未だ婚約者がいないエレンに話を打診したが、絶対に嫌だと駄々《だだ》をこねられたので、エレインにお鉢が回ってきただけではないか。

まったくもって冗談ではない。

自分たちの政治的な都合で、故郷であるノーサンブリア辺境伯領地から王都に呼びよせ、珍獣扱いした挙げ句、今度は、借金の担保代わりとして隣国へ嫁げだなどと。

これが辺境伯相手だったら、脚を踏みならして手袋を顔に叩《たた》き付けて、決闘です！　決闘と叫んだところだが、国王相手にそれをする訳にはいかない。

（まったく、私のことをなんだと思っているのかしら、この人たちは）

れっきとした血のつながりがありながら、生まれてこの方、家族と思えたことのない父王と異母妹へ鋭い視線を投げやるが、それで憤懣《ふんまん》が晴れるわけもない。

しかもエレインはここから先の展開が読めていた。

謁見の間に入った時こそ、どうして異母妹と婚約者のユアンがいるのかと訝《いぶか》しんだが、今ならその理由がわかる。

「で、私を隣国の王へ嫁がせて、余り物になったユアンを、エレンと婚約させるというわけですか」

さすがに余り物呼ばわりは可哀想かとも思ったが、婚約者がこのように粗雑に扱われてなお、身動き一つせず他人顔をしている男だ。この程度の嫌味は許されるだろう。

「まあ、当然そうなるな」

なにが当然ですか！　と叫びたいのをぐっと堪えていると、目を細め猫のように身をしならせながらエレンが父王の言葉を引き取った。

「国内の事情を考えれば、辺境伯家と王家の婚姻をないことにはできないでしょう？　それに、当人同士が愛し合っているのですもの。異母姉上《あねうえ》より私のほうがユアンに相応しいのではなくて？」

辺境の厳しさや緊張、城主夫人としての仕事を何一つ知らないだろうに、それがこの享楽と陰謀に満ちた王宮と同じだと。であるならば王女の自分がなにかをする必要もなく、変わらず贅沢に暮らせると信じ切っているエレンの顔を見て、エレインは突然すべてが馬鹿馬鹿しく感じられた。

「それで、式はいつ頃を？」

せめて温室だけはきちんと片付けて、自分がいなくても薬草が枯れたりしないよう、手入れをしていきたい。

エドワードの喘息を抑える薬も多めに保存しておきたいし
それに王女が他国の王に嫁ぐのだ。通例であれば準備期間は一年以上と相場が決まっている。

なにをして、なにをすべきでないかをめまぐるしく考えていると、父王はエレインの問いを危ぶむでもなく、ごく当然に言い放った。

「相手は明朝到着する。そのままこの王宮へ来て、婚礼を挙げ、夕方にロアンヌへ戻る船に乗るそうだ」

「明日！」

いくら何でも早すぎる。

腕利きのお針子を総動員しても、婚礼衣装すら間に合わない。

なのに父王は、どうしてそんなことに驚くのだろうと言わんばかりに眉をひそめ、国王が長く座を空けている訳にはいかないらしいと、別に聞く必要もない補足を付け加える。

だが驚きに頭が真っ白になったエレインは半分も理解できず、目を白黒させているうちに謁見の間から引っ張り出されたのだった。

辺境伯領の城で料理番をしているおばさんは、宴や祭の際、エレインや他の娘らが手伝いにいくたびにこう言い聞かせていた。

――いいかい、年の最後の雪月《ゆきづき》に男から言い寄られても、決して結婚してはいけない。

雪月は一年で最も祝祭日が多く年の暮れも近い。

だからケチで冴《さ》えない男でも、家庭の温かさが恋しくなって、いつでも女を口説けるよう銅貨一枚分の贈り物をポケットに忍ばせている。

リボンや砂糖菓子といった子どもだましの贈り物にほだされて、大切にしてもらえると思って求婚にハイと答えればおしまいだ。

残る十一ヶ月と数十年は泣いて後悔する夫婦生活が待っている。

だからといって年の初めの雨月《あまつき》もダメだ。

大概の男は新年だと浮かれて酒を飲み、気前がよくなって軽率なことをする。

〝お前に送った求婚の花は高すぎた〟なんて愚痴を、墓場に入るまで毎日聞くのはうんざりじゃないか。そうだろう？　エレイン。――と。

だとすれば、春の気配が見えてくる三番目の月――芽月《めづき》に結婚が決まったことはまずまずではないだろうか。

（相手が、初対面で名前も知らないとしても）

そう思わなければ怯《ひる》んでしまいそうなほど、王宮内部の聖堂は薄暗く、どこまでもがらんとして静まりかえっていた。

祭壇のある方を向き、ティアラが落ちないようにと視線を上げてみるが、あるはずのシャンデリアの蠟燭《ろうそく》どころか鉄枠すらも見えてこない。

百年だか二百年だか前に立てられた由緒ある聖堂とのことだが、その分建築様式は古く、壁が石造りのためどこかから隙間風が吹き込んで、掠《かす》れた口笛みたいな音が始終聞こえる。

その上に蠟燭ですすけた柱はどこも真っ黒で、色とりどりの硝子で作られた薔薇《ばら》窓の鮮やかな光を遮り、影ばかりを濃くしている。

祭壇に向かい伸びる絨毯《じゅうたん》もかつては鮮やかな紅だっただろうに、周囲の薄暗さと時代の経過でくすんで毛羽立っている。

本来なら、王族の結婚は市中にある金銀飾りも豪華な白亜の大聖堂で行われるものだが、今回は急な話であったため簡略化し、王宮内の聖堂での挙式となったそうだ。

というより、王の正妃が庶子であるエレインごときに金をかけるのは勿体《もったい》ないと考え、できるだけ質素にしろと命じたのが本当のところだろう。

死んでしまった愛人――エレインの母をいびれないかわりに、侍女らに命じてエレインをいびらせ、惨めな気分になって泣けばよいと考えるような人だ。

王族の結婚式にも拘《かか》わらず参列者が皆無に近いことも、婚礼衣装がどこぞから引っ張り出してきた三代前の王妃のもので、時代遅れ甚だしい上に虫食いまであることも、惨めさを越えて笑えてしまう。

あまりに貧相な式では、相手のロアンヌ王アデラールの機嫌を損ねるとの打算が働いたのか、化粧だけは妙に入念にされた。

母親譲りの緩く波打つ金髪は薔薇油で艶をだされて高く結い上げられ、顔は肌の肌理《きめ》がわからないほど水で溶いたおしろいを塗られ、墨で描いた眉が尻上がり気味に勢いよく伸びている。

唇の紅は毒々しいほどで、なんというか美人は美人だが、元の造形が消えている。

本来のエレインはどちらかというとおっとりした顔立ちで、目も大きいから、あどけなく純朴な印象なのだが、今の自分はどこか冷たく、垂れがちな目をごまかそうと、墨で鋭くした目尻が傲慢な雰囲気を醸しだしている。

銀糸の刺繍《ししゅう》がきらめく純白の花嫁衣装の裾を、喜ばしいというより囚人の鎖のようだと感じつつ、唯一新たに作られた花嫁のヴェールの中で顔をしかめる。

頭が痛い。

髪がきつく結い上げられすぎな上、飾りのピンや造花の先が、わざと地肌に当たるような角度で刺されているのだ。

靴だってきつすぎて足は痛いし、コルセットは締まりすぎている。

もう相手が残虐だろうが野獣だろうが構わない。

早く式が終わり、この拷問じみた嫌がらせから逃れたいと思いつつ、礼儀作法を総動員ししずしずと絨毯の上を進み、先をうかがう。

参列者がいない聖堂の真ん中に、白いひげを蓄えた王族付き司祭と結婚立会人を務める父王がいて、それより一段下がった場所に男が立っていた。

一人だけ帯剣し、白百合の紋章を刻んだ青い肩章《けんしょう》を斜めがけにしているところを見ると、彼がロアンヌ王アデラールだと知れる。

（どれどれ）

男に後ろから歩み寄りながら、エレインは出入りの商人が持ち込んだ野菜でも検分するような気軽さで、相手の人となりを探る。

黒々とした髪。

真っ直ぐに伸びた背筋は、エレインの父王よりよほど威厳がある。

（樫《かし》の木みたい。余分なところがなくて真っ直ぐで、すごく健康そう。……武人として剣を取り、内乱に荒れるロアンヌ王国を平定したという話どおり、頑強で立派な体躯《たいく》だわ）

だが厳《いか》ついという訳ではない。

肩幅は広いが首はすっきりと長く、軍の黒い礼服を纏《まと》ってなお肩甲骨の形が綺麗に浮きでていて、彫像のように均整が取れている体つきだとエレインは感心してしまう。

父王と雑談でもしているのか、彼が顎を引いたり顔を振るたびに、背の中程まで伸びている黒髪がさらりと揺れ、薔薇窓から差し込む光が反射し、色の濃い瑠璃石《ラピスラズリ》のような鮮やかさを見せる。

（正直、女性でもあれほど艶《つや》めいて滑らかな黒髪を持つ者はいないと思う）

手入れが行き届かず、金髪というより日に当たりすぎた穀物の穂みたいな色の自分の髪と比べ、うらやましいと素直に感嘆しつつ、さらに視線で相手を探る。

王宮に閉じこもってあれこれ指図するのではなく、現場へ向かい、己の目で見て判断し動くたちなのか、アデラールの肌は少し日に焼けていたが、その銅に似た色艶は、若い肉体をより逞《たくま》しく力溢《あふ》れるものに見せている。

眉は細筆を走らせたようにしなやかで、まっすぐな鼻筋や明晰《めいせき》な輪郭とよく調和しているのも心憎い。

文句なしの美丈夫だ。

頬骨《ほおぼね》と顎骨がややはっきりしすぎているきらいもあるが、このブリトン王国で始終恋や愛に関する甘ったるい詩を口ずさみ、舞踏だ宴席だと遊興にふける軟弱な青年貴族らよりもずっと好ましい。

ぴたりと隣で足をとめ、横目で彼の顔をうかがったエレインは思わず息を呑んでいた。

（すごく、綺麗な瞳だ）

高熱を思わせる透き通った蒼の瞳は切れ長で、目を伏せがちにする都度、長い睫毛《まつげ》がさっと影を落とし表情に変化をつけている。

宿す眼光は鋭く、王かつ一軍の将という立場に相応しい。

見た目だけではなく、中身も優れているのが知れる、人として信頼できると相手に思わせる、強く誠実な目にどきりとしてしまう。

声だっていい。

大人の男らしい低さとはっきりした発音は、教会が鳴らす鐘のように耳に心地よく響く。

だからなのか、彼は司祭が咳払いするまでまったくエレインの存在に気付かず、父王をにらみ、しかめ面を晒《さら》していた。

条約に不満があるのか、あるいは、花嫁を押しつけられたことが気に入らないのか。

恐らく両方だろうと見当をつけつつ、エレインは花嫁のヴェールごしに会釈をしてみせる。

けれど頭どころか全身を覆うほど長いヴェールは、極上の白絹と銀糸を交互に横糸とした、いわゆる妖精織《ようせいおり》と言われる技法のもので、エレインからは相手が見えるが、相手は光の反射でこちらの表情が見えないという代物だった。

だから、エレインの渾身《こんしん》の笑顔はまるで伝わっておらず、余計、嫌そうに顔をしかめられがっかりしてしまう。

(いえ、別に貴方《あなた》に恋している訳ではないのですが)

途中で小耳にした女嫌いという噂は本当なのだなと思いつつ、エレインは少しだけ残念な気持ちになる。

聞いた話では、ともかく女を寄せ付けず、とくに恋慣れた、社交界の女王とか呼ばれちやほやされることが生きがいのような女性は大嫌い。

身の回りの世話をする従者などは男性が圧倒的多数。

さすがに茶菓の用意や部屋を整えるのは侍女任せだが、それすらも男性従者の奥方や母親といった、既婚の中年女性のみに許す徹底ぶり。

修道学院——いわゆる修道院と寄宿学校が一体となった機関で教育を受けたため、潔癖なのだろう。

ともあれ女嫌いであるにしても、花嫁となるエレインに不満があるにしても、今後は、一応、夫婦として過ごさなければならないのだから、少しは歩みよって欲しいとも思う。

（政略結婚で、お飾りの妻になるとしても、人として角《かど》を立てないで欲しい）

花嫁だからと無理に愛されなくてもいいし、放置されてもいいが、会った時に会釈するぐらいの距離感は欲しいと思う。

そうでなければ。

（離婚の話がしづらいもの！）

女嫌いとはいっても、あの美貌な上に大国の国王陛下だ。

田舎姫と呼ばれているエレインを相手にせずとも、美女も美男もよりどりみどりに違いない。

であるならば。

(借金返済後は担保としての人質花嫁はお役御免……のはず)

相手の嫌がりぶりからして、エレインを本気で妻とする気はないと踏んで間違いないだろう。であるならば、初夜も素足を合わせるだけで行為はない〝白い結婚〟に留められ、借金問題が解決され次第、エレインは用済みになるはず。

一年か二年、隣国の王宮で大人しくしてればいい。

(離婚できれば、もう、こんな国に戻ってこなくていい!)

その後は周囲の目を盗んで身を消せば、大して捜索もないまま死んだことにされておしまいになるだろう。

後は身分を隠して適当な農村に潜り込み、一介の民として生きれば問題ない。

(もともと、私は誰からも必要とされていない姫だったし)

生きる糧《かて》については、母の元で薬師として腕を磨いてきたから、それでなんとかなる。

そして二度と結婚も婚約もお断りだ。

見知らぬ相手に人質として嫁ぐという目眩《めまい》がするような婚礼にもうんざりだが、婚約者をあっさりと捨ててその異母妹に乗り換えるようなユアンにも、母に命を救われ、エレインを孕《はら》ませながら王都に戻ったとたん公爵令嬢――今の正妃を娶った父にもがっかりで、男という生き物に対する気持ちが完全に萎えて干からびている。

こんな風に扱われるぐらいなら、自分一人で暮らしたほうがましだ！

（堅実に暮らしてお金を貯《た》めて、老後は、赤い瓦屋根のかわいい家で猫を五匹侍《はべ》らせて、悠々自適に生きてやる！　くじけないのよ！　エレイン！）

自分を励まし、落ち込みそうになっていた気分を持ち上げる。

粛々と結婚の儀式が進められていく中、エレインはアデラールの横顔を盗み見つつ祈る。

――どうかこの島国から連れ出してほしい。

冷淡でエレインを駒としか思っていないだろう父王に意地悪な正妃や異母妹。病弱な弟だけは心配だが、王家そのものと縁を切れるなら、この際、人質結婚でもかまわない。

ブリトン王国の王女でありながら、宮廷内にこれといった後ろ盾がないエレインの地位は恐ろしく低く、いずれ年寄りか成り上がり貴族の妻として安売りされかねなかったのだ。

それよりは人質同然な政略結婚のほうがマシだ。

（女嫌い？　そんなの上等よ！　かかってきなさい！）

もし心を読める者がいれば、お前は結婚をなんだと思ってるんだと呆《あき》れ果《は》てただろう気合いを込めつつ、脇に垂らした拳に力を込めていると、不意に「おい」とぶっきらぼうに呼びかけられた。

それが夫になるアデラールの声だと理解すると同時に、司祭が気まずそうに咳払いし、目で横を向けと促される。

——ああそうか、誓いの接吻《キス》の時間が来たのか。

とりあえず顔を上げて目を閉じておこう。

どうせ白い結婚で互いに心ないもの同士。

本当に唇を重ねることなどなく、形式的に真似《まね》をするだけだろう。

そう思い、さあどうぞと爪先立って目を閉じた途端、ぐいと腰を引き寄せられあわてふためく。

「う、わ……！」

姫らしくない素っ頓狂な声が喉から飛び出した時には、もう間近にアデラールの顔が迫っていてエレインは目をみはる。

睫毛、長い！

感動すべきはそこじゃないと、冷静な自分が心の中で頭を抱えるが、これほど間近に男性と接触するのももちろん、力強く抱き寄せられるのも初めてで、身体が変な風に熱くなる。

どくん、どくんと心臓が大きく跳ね回り、急に喉が渇いて声が出なくなる。

見上げるほどの身長の差、腰に絡む腕のたくましさ。

女同士ではまずない経験の連続に頭が真っ白になってしまう。

——これが異性なのか。

頭の奥にある原始的な感情が理解するや否や、視界いっぱいにアデラールの蒼眼が広がって、

より強く抱き寄せられ、そして。

ヴェールすら上げないまま、けれど間違えることなくエレインの唇と彼の唇が重ねられ、二人の結婚が神の元に成立させられた。

第二章

結婚式から出立するまでの時間は慌ただしく過ぎた。

突然の結婚話に加え、式まで非常識ともいえるほど余裕がなかった。

その上、嫁いだ先のロアンヌ王国への移動は、その日の夜に出航する船というのだから、思い出に浸る暇はもちろん、名残を惜しむ余裕もない。

しかも、持ち出しが許された荷物は大人二人が持ち上げることができる長持が四つのみ。

異母妹のエレンであれば卒倒するような少なさだが、もとより自分の持ち物が少ないエレインだ。

家具などは部屋の作り付けなので持ち出せるものなどないし、衣裳《いしょう》も装身具も大して悩まず決められた。

それより、持っていく香草や薬草の選別に時間を取られてしまった。

「これでよしっ……と」

乾燥した菩提樹《ぼだいじゅ》の葉と花を薬草用の木箱にしまいながら、エレインは最後の確認をする。

(船旅だから、船酔いに効く薄荷と生姜《しょうが》を多めに入れたけど、蓋が閉まるかな)

中に収めてある香草たちが駄目になってしまわないよう、綿を入れて隙間を埋めたあと、気を付けながら慎重に蓋を下ろせば、まるであつらえたようにぴたりと閉まる。

「……よかった」

命の草《リブ・リーフ》とも言われる大葉子《オオバコ》が精緻に彫られた古い木箱は、先代の薬師にして師匠でもあった母の数少ない遺品で、エレインにとっては宝石箱よりも貴重なものだ。

人の手が触れることにより滑らかに磨かれた表面を手で撫《な》でると、エレインは箱を小脇にかかえ、結婚式で着けていたヴェールを頭からかぶって部屋を出る。

前が見えにくく歩きづらいが、処女をよこしまな視線から守るヴェールは王室の女性独特のしきたりで、無事に初夜を迎えるまでは異性の前で外せないから仕方ない。

(まあ、初夜なんて私には来ないでしょうけれど)

花嫁とはいえ、借金を返すまでの人質のようなものだ。

絶対に手を出されない保証はないが、あれほどの美貌と威風を兼ね備え、実力も高いと耳にするアデラールならば、わざわざエレインのような小娘を相手にせずとも、よりどりみどりの美女が侍ってくれるだろう。

それにしても貧相な出立だ。侍女たちの見送り一つないなんて。

そもそもエレインは自分の侍女というものを持っていない。

すべて部屋付きの侍女で、彼女らの主人は王宮の運営を支配する正妃——異母妹エレンの母——が雇い主なため、庶子のエレインとは親しくない。

どころか嫌味や皮肉、小さい意地悪が日常茶飯事だった。

もちろん、中にはそれをよしとしない心根の優しい侍女もいたが、彼女らとて、正妃の不興を買ってまでエレインを助ける勇気も度胸もない。

それを不満に思えないのは、彼女らにも家族がいたり、花嫁修業のために王宮に働きに来ており、雇い主たる正妃に刃向かって職を失えない事情があるとわかっているからだ。

達観していると言えばそうだし、楽天家だとも言える。

だが嫁ぐ日ぐらいは、誰かの見送りが欲しかったなとも思う。

(弟のエドワードはまた熱が出ていると聞くし、ユアンなんか、昨日、謁見の間で顔を合わせたきりだし)

エレインが借金のカタにされようとしているのに、他人事のように見守るばかりで異議一つ口を挟まなかった婚約者に呆れつつ回廊を進む。

辺境伯夫妻は遠く離れた地にあり、ここに来るのにロアンヌ王国へ渡るのと同じほど日がかかるのを考えれば、多少エレンや正妃に嫌味を言われても、言葉の一つも送れないものだろうかと考え頭を振る。

(いや、そんなことしないか。……だって、彼はエレンと結婚するのだもの)

順当に行けば、次の王は第一王子のエドワードだが、彼はまだ八歳な上に病弱で、無事に成人するか危ぶまれている。

だから次の王にエレンを推す貴族が優勢だ。

女王の婿――王配となることが仮決まりしている今、あえてエレインに関わって機会を無駄にしたくはないだろう。

馬車寄せに行くとアデラールの従者や臣下が待っていた。

彼らはエレインを見た途端、奇妙な面持ちとなったが、あえて気付かぬふりをして、促されるまま、四頭立て馬車に乗り込む。

内装は天鵞絨《ビロード》張りで、座席のクッションも山ほどあってどうかすると自分が居た部屋より居心地はよさそうだったが、あまり心に響かない。

箱を膝に載せたままぼんやりと待っていると、小一時間ほどして、やはり結婚式と同じく不機嫌な顔をしたアデラールが乗り込んで来た。

一応はと、夫となったばかりの見知らぬ男に会釈をするが、相手はわずかに視線を留めただけで、エレインの斜め前にあたる席へどさりと座り足を組む。

無作法だが、脚が長く形もよいためか見苦しくない。

見栄《せ》えがよい人はなにをしても許されるのだなと、ちょっとだけうらやましさに苦笑すれば、馬を急かす鞭《むち》の音が聞こえ、緩やかに馬車が進みだす。

するとアデラールは表情を消した顔を窓へ向けたきり、エレインのほうを見ようともしないので、いつ話しかけられても大丈夫なようあれこれと気を遣っていたエレインも、すぐ、アデラールより窓と顔をつきあわせるほうがましだと開き直った。

どうせ、期待されてないのだ。こちらの顔も声も知らぬまま夫となったこの男からも。

理解すると同時に溜息《ためいき》を呑み込んで、エレインは外の風景を眺めだす。

馬車は王宮から離れ、左右対称に形作られた前庭を抜け、城壁を越える。

跳ね橋を渡り城下町に出た途端、馬車の扉や窓の隙間を縫って賑《にぎ》やかな呼び売りの声が届き、緑一色だった光景が多種多様な色に塗り替えられる。

山と並ぶ野菜屋台のかぶの白、果物店に積み上げられた林檎《りんご》の紅とオレンジの橙《だいだい》、レンガ造りの家々の隙間から見える青空。

行き交う人も多種多様で、狩猟帽を被った新聞売りの少年に、襟を立てた外套《がいとう》を着て煙草《たばこ》を吹かす男性。最も多いのは買い物をする女性達で、一様にエプロンをつけ腕まくりをしている他は、桃色や黄緑といった春らしい色のシャツの上から柄付きの派手なスカーフを巻いて、思い思いのお洒落《しゃれ》で道を闊歩《かっぽ》しては、呼び売りの声に歩みを止めて商品を吟味していた。

心が弾むような喧噪《けんそう》の中、馬車は滞りなく進んで行き、王都で一番大きな広場に差し掛かる。

突如、鐘の音が大きく響き、広場の横にある大聖堂から白い鳩《はと》が放たれる。

くりぬいたようにぽっかりと開いた空へ向かって、純白の翼をはためかせ飛んでいく鳩に気を取られたのも束の間、次の瞬間、祝福する人々の声と同時に色とりどりの花びらが空を舞い、開かれた聖堂の扉から一組の男女が姿を現す。

黒い礼装服を着た青年と、ごく淡い水色のドレスを着た女性だった。

彼らは両脇から笑顔で花を振りまく親族らしき人々の間を歩き、冷やかす通行人にも鷹揚《おうよう》に手を振っていた様子から、結婚式を終えたばかりなのだと知れた。

(すごく嬉《うれ》しそう……)

顔を輝かせ、胸を張り歩く男性が、時々気遣うように隣の花嫁に視線を落とす仕草や、そんな彼の腕に恥ずかしげに手を添えては、静かにうなずく花嫁の姿から、互いに対する敬愛が伝わってくる。

微笑《ほほえ》ましさに目を細め、ついで苦笑する。

自分とはなんという違いだろう。

花嫁と花婿はそう裕福ではないようだった。

それは服が身体にあっていないことや、ドレスの形が古いことから見当がつく。

それでも、心づくしに集めただろう春の花で作った冠に花束、借りただろうブローチで精いっぱい着飾っている。

なにより笑顔が、未来が輝かしいと互いに信じて疑わない表情が素晴らしい。

それに比べてエレインはといえば、ドレスは重たいほどに銀糸の刺繍で飾られていたが、花冠も花束も王宮の庭で摘んだ薔薇で急ごしらえされており、色だって花嫁に相応しいといえない毒々しい紅。

花婿はといえばしかめっ面か無表情で、ほぐれた表情をほとんど見せてくれない。

突然、惨めさと、堪えていたやるせなさが湧き上がる。

こんなはずじゃなかった。こんな結婚式になることはなかった。

本来であれば、ノーサンブリア辺境伯の城にある聖堂で、親しい人々に見守られ式を挙げ、その後、食べきれないほどのごちそうと飲みきれない蜂蜜酒で祝う披露宴を行うはずだった。

花嫁と花婿のワルツから始まる舞踏会は、最後は使用人も貴族も関係なく混じった大円舞となり夜が明けるまで続く。

街の灯は消えることなく焚《た》かれつづけ、城下の人々は口々に花嫁の幸せを願って乾杯する。

――そんな、賑やかで暖かい式になるはずだった。

なのに父王が結婚の許可を出さずにエレインを王都に呼び出したことで、細《ささ》やかな、だが誰からも望まれていた未来は打ち砕かれた。

(どうして、王都なんかに来たのかしら)

泣きそうになるのを堪えるため、アデラールよりひどいしかめ面となりながらエレインは思う。

王都なんかに来なければよかった。

王都なんかに来なければ、田舎姫と嘲られ粗略にされることもなかった。

異母妹に婚約者を奪われたあげく、借金のカタに嫁ぐ羽目にもならなかったはずだ。

胸の奥底に封じていた黒い感情がふつふつと沸き立ち、わあっと叫んで当たり散らし、馬車を飛び降り思うままに逃げてしまいたい気持ちに駆られる。

だが実行するにはエレインは賢すぎた。

ここでエレインが醜態をさらして逃げ出せば、ロアンヌ王国との関係は確実に悪化し、下手したら戦争が起こるかもしれない。

それにどうせすぐ捕まる。

一瞬の感情の爆発がたちまちに萎《しぼ》んでいくのを感じながら、エレインは窓の外を眺めていたが、目が潤《うる》むのはどうしようもなかった。

(泣いちゃ駄目よ。こんなことで。これぐらいのことで泣いちゃ駄目)

痛みは時とともに癒えていつか消える。

薬師である自分はそれを知っている。

だがそれが肉体の傷のことだけであり、心はいつまでも痛み続ける傷が残ることもあるのだ。

その事実をあえて無視し瞬《まばた》きを繰り返していると、ついに涙が一粒こぼれた。

頬《ほお》が濡《ぬ》れる感触で泣いていることに気付いたエレインは、決してアデラールにだけは見られまいと窓に張り付き深呼吸する。

(そうよ。これぐらいのことなんでもない。それに悪いことばかりじゃない。婚約者だと思っていたユアンが不実な男だって気付けたのはいいことだもの)

長年幼なじみとして気心しれたエレインをあっさり見捨てたのだ。もし結婚してなにごとかあったなら、彼女が妻であることも忘れ、自分だって辛いのだといいたげな表情を免罪符がわりにして、同じようにエレインを捨てていたに違いない。

それよりは形ばかりの夫婦で、終われば一切合切の縁を絶って離婚となるだろうアデラールとの結婚のほうがましだ。

(悪い結果は覚悟するもの。悪い未来は考えないもの。これぐらいのことはなんでもない)

薬師だった母が口癖のように言っていた台詞《せりふ》を、わななく唇から漏れる吐息だけで辿《たど》る。

大丈夫。大丈夫。なんでもない。

(前を見ていれば、いつか風向きは変わる)

信じ、真っ直ぐに空の一点だけを見つめる横顔を、アデラールがそっと盗み見ていることなどまるで気付くよしもなく、エレインは胸の中で大丈夫だと繰り返していた。

ロアンヌ王国行きの船が停泊していたのは、王都から半日ほど南に下ったドュブリスの町にある港だった。

国内最大の港にして貿易の要所であるドュブリス港は、王都の市場に負けじと賑わいごった返していたが、アデラールたちが乗る船は軍艦扱いということもあり、一般の船とは隔てられた区画に停《と》められており、出航を控え、船員たちが忙しそうに行き来していた。

馬車の扉を開けた途端、突風とともに潮風の香りが吹き込んできて、エレインは少しだけ感傷に駆られる。

生まれ育ったノーサンブリアにも港があり、王都や、平和な時は対立国アルバとの貿易船や遠洋へ漁に行く漁船、沿岸近辺の浅瀬で魚を捕る小船が停泊し、夜も明かりで船の形がわかるほどエレインは親しみ慣れていた。

磯《いそ》の香りでそのことを思い出し、座席から立つのが遅れてしまった間に、アデラールはやはり無表情で、黙々と馬車の段を下りてしまう。

この方は表情というものを知らないのだろうかと思ってしまうほどの徹底ぶりに呆れ、先を行く彼に送れないようあわてて扉をくぐった時だ。

段に爪先を下ろすより早くアデラールの手が差し伸べられ、エレインは少し驚き目を見張る。

――待っていてくれるとは思わなかった。

エレインのことを借金を返してもらうまでの質草と思われ、〝花嫁〟という物扱いされている気分だったエレインは、突然の人らしい扱いに戸惑い、だが、多忙だろうアデラールを待たせるのも悪く、恐る恐る指先を彼の掌《てのひら》に載せる。

途端、しっかりと握り締められ、久しぶりに感じる他人の体温に和んで微笑みがこぼれる。

「ありがとう、ございます……」

強い海風に言葉を途切れさせる。

この時期のブリトンは偏西風の影響で天候が変わりやすく、穏やかだった風が一刻もたたず突風となって吹き抜けるのだ。

沖合に出てしまえば問題なく、むしろ船の推進力として働くのだが、こういう時は少し困る。

離さないとでも言いたげに繋《つな》がれた手を意識しないようにしつつ、けれど頬が火照るのをどうしようもできず、エレインは眉を寄せつつそっと馬車を降りる。

地に足が着いた途端、そっと、まるで壊れやすい砂糖菓子を置くようにアデラールが手を解いたので、エレインはますます困惑してしまう。

(逃げられる、とでも思ったのかな)

嫌々嫁いだ王女が逃げるには、港は格好の場所だ。

王宮ほど警護が厳しくなく、移動中のように飛び降りて怪我《けが》をすることを怖《おそ》れる必要もなく、隠れられそうな物陰も多い。

(これは、さっさと船に乗ったほうがいいかも)

疑われ、監視が厳しくなっても逃げることはないが、気分はよくないし、見張る兵たちに気を遣って疲れてしまう。

だからエレインは、アデラールがなにか言うより先に、薬草箱をしっかりと抱えたまま船に架かる桟橋へ進んで渡りきる。

するとと、交渉役なのか側近か、あるいはその両方か。

ともかく、一人だけやたらと愛想のいい笑顔をした金髪の青年がようこそといい、自分は外交担当で、ディディエという名前であると告げ、エレインの肩越しにちらとアデラールに視線を向けると、それで許可を取り終わったといわんばかりのさっぱりした態度でエレインを船室に案内し、くれぐれも出歩かないようにと笑顔で釘《くぎ》を刺していった。

船の大きさに比すれば小さい船室だが、個室が与えられること自体が贅沢だと知っているエレインは、さして問題もなく部屋に身を落ち着ける。

小半刻ほどして、碇《いかり》を引き上げる船員のかけ声が聞こえ、船の切っ先が波を割る音が響いてきたが、その頃には結婚式の疲れか、馬車での緊張のせいか、まぶたが重くなり、エレインは壁に備え付けられたソファの上で崩れるようにして眠りこけていた。

次の日も似たりよったりで、天候はまずまずだったが出歩くことを禁じられたまま、ただ寝て、食べて、手持ちの本を読んで日がな過ごして終わり、翌々日も同じだった。

一日に一度、午後三時に甲板での散歩とお茶の時間は、イルカや船員たちの働く姿と物珍しいことばかりで楽しいが、そんな一時間がすぎればあとはまた同じ光景、変わらない過ごし方で、いい加減寝るのにも飽きていた。

事件が起きたのは船がブリトンと大陸の間にあるドーヴァ海峡を抜け、陸地沿いに海洋を進んでいる時。

船が荒れている訳でもないのに、妙に船員たちがあわただしく行き来しはじめたのだ。

廊下から聞こえる足音の騒々しさでそれに気付いたエレインは、そっと扉を開けて隙間から様子を探る。

甲板に近い場所にある上級船室のため、壁の厚さに加え壁紙やタペストリーで防音がなされているので、静かで、外の様子さえ分からず退屈すぎるとも思っていたが、今日は朝から妙に人の話し声や足音が響いてくる。

朝食を運んできた給仕の少年に探りを入れるも、もとよりアデラールから余計なことを言うなと命じられているからか、あるいはエレインを不安がらせまいと気遣ってくれているのか、少年は明後日の方向をみつつ、夕方から海が荒れるから準備で忙しいのではないでしょうか？　などとはぐらかした。

けれどエレインは見逃さなかった。

皿を出す少年がいつもと違ってどこか上の空で、くるくるとよく動いては興味深そうにエレインを見ている目が、どこか不安に陰っていることを。

食事が終わり、片付けだした少年に対し、どうしたの？　なにか心配ごとでも？　と尋ねた途端、皿を取り落としそうになったのが決め手だった。

――なにかが起こっている。それも、よくないことが。

ごまかし、逃げるように部屋を出て行った少年の背中を見送りつつ、エレインは辺りをうろうろ歩いては、なにが起こったのかわからない不安を紛らわそうとしたが、かえって部屋の外から聞こえる物音や怒鳴り声が気になるばかり。

（部屋からは出ていないから、大丈夫よね）

到着まで部屋から出るなとディディエに言われたことがちらりと頭をよぎるが、それよりもわからない不安と知りたがる好奇心のほうが勝っていた。

薄く開けた扉の間から廊下を覗《のぞ》けば、潮でよれたシャツにそろいのベストを着た船員たちが、右に左に行き交っては、すれ違う同朋《どうほう》を見て立ち止まり、なにかをこそこそと話している。

全神経を耳に集中させて内容を探れば、どうやら、アデラールに同行してきた近衛隊長の背中に、得体のしれない発疹《ほっしん》が発見されたらしい。

背中が痒いといってシャツを脱いだ彼の脇腹から背の真ん中に向かって、紅《あか》い発疹が帯のようにびっしりとできているのが発覚し、それで船内が大騒ぎになっているのだ。

海洋航海中は海賊よりも伝染病のほうが恐ろしい。

海の上には逃げ場がない。

一人が罹患《りかん》すればあっという間に全体へと広がり、船を動かすこともままならなくなり全滅もありえるからだ。

しかも今回の航海では、王であるアデラールに加え、外交や交渉の要を務めるディディエや近衛隊長、おまけに人質花嫁のエレインと、ロアンヌ王国にとっては要人ばかりを乗せている。

十日程度の航海で全滅は考えにくいといっても、王たちに罹患すれば大問題。

通例であれば船底に隔離し、孤島に罹患者と彼らと同室の者を置き去りにするのだが、今回、伝染病らしき発疹がみられたのは近衛隊長一人。そして彼と同室の者は、船乗りではなく貴族かつ閣僚などの政治的に重要な人材ばかり。

離島に置き去りにして病を封じ込められないが、かといってこのまま知らぬふりをする訳にもいかない。

船内はまるで死神が走り回ったように、正体不明の発疹が出た近衛隊長――ギースという名らしい――の病の話でもちきりだし、怯える者や、神経をいらつかせ、怒鳴る者まで出てくる始末。

そんな中、ついにギースが胃がむかつくといって吐いた挙げ句、発熱して寝込んでしまった。

となれば、伝染病にちがいないと大混乱に陥っているのだ。

船員の不満を放置するのは危険だし、ギースをこのままにすれば、得体のしれない伝染病を船から国全体に持ち込むことになりかねない。

アデラールも対処に動いているだろうが、王が罹患しては一大事。心配する臣下らによって、エレインと同じく部屋に押し込められ、そこから指示を飛ばしているのは想像に容易い。

現場を見ずに命令を下せば、そこに行き違いや誤解が交じるのは当然で、事態は、収束するどころかますます大きくなっており、〝海の男のしきたりに則《のっと》っていますぐギースを海に放りだせ〟という過激な船員と、〝近衛騎士団長のギース様を海に投げ捨てろだなんて無礼な!〟といきりたつ騎士たちで一触即発。

(大変なことになっているわ!)

帯のように背中に走る赤い発疹に嘔吐《おうと》、発熱。と聞いたエレインは薬師としての知識を総動員し、なんの病気かを探る。

(今日は航海が始まって三日目。ということは潜伏期間をかんがえればブリトン王国内で罹患した可能性が高い。でも、王都ではそんな話は一つもなかった)

政治的な話はまったくといっていいほど耳に入って来ないエレインだが、病気に関する噂についてはそこらの宮廷貴族よりずっと情報が早い。

というのもエレインが管理する温室は、北方のアルバ王国との境にしか生えない珍しい薬草や、王都の港に出入りする貿易商人に頼んで手に入れた南方の希少な薬草なども栽培しており、たまに王立大学院の研究者や弟のエドワード付きの医師が、調査や処方のために種や薬草を分けてほしいと訪れるからだ。

もちろん公式なものではなく、田舎姫が珍しい薬草を育てているという噂を頼ってのお忍びだが、それだけに表では話せないような病人の情報や、流行病の噂も聞ける。

船よりもっと人が多く、病を媒介するネズミなども住む王都で伝染病の噂がない上、症状が出ているのは近衛騎士団長のギースのみ。

騎士として、日々身体を鍛えていて健康に気を遣っているギースに症状が出て、他の船員——とくに食事を運んだり雑用をする見習いの少年たちが元気でいるのは不自然だ。

だとすると伝染病以外の理由があるのではないか。

(今は春の初めで気候が変わりやすい。でも日々暖かくなっていってるし、空気も濁ってないから、風邪か食中毒ぐらいしか……)

食中毒ならギース以外にも病状が出る者がいなければつじつまが合わない。だから除外。

なら他には。

「あっ！」

思わず声を上げたエレインは、考えるより先に扉を押し開き廊下へ飛び出していた。

そしてそのまま驚く周囲には目もくれず、アデラールたちが詰める仕事場——船長船室へと飛び込む。

「うわっ、わ、姫!?」

驚いたディディエや護衛を肩で押しのけ、半分転がるようにして部屋に入った途端、なんだ！　と大きな声で怒鳴られた。

アデラールだ。

いつも怖い顔しか見せてなかったが、それでも声を荒らげることはなかった。

ということは、それだけ事態に焦りと苛立《いらだ》ちを抱いているのだろう。

当然だ。

船員たちをなだめるには感染者——ギースを海へ投げ出すか、孤島だか岩場に置き去りとして排除しなければならないが、彼はアデラールの近衛隊長。つまり腹心ともいえる部下。

彼の懊悩《おうのう》は計り知れず、焦りも当然だと理解できる。

だからエレインは怒鳴られたことなど気にも留めず、できるだけ威厳ある薬師に見えるように背筋を伸ばし口を開く。

「私に任せてください」

確信と落ち着きに満ちた口調でもう一度告げた途端、船室にいた男達がごくりと喉を鳴らす。

正直、小娘の出る幕ではないし、世間知らずのお姫様ではもっと出る幕でない。

今にも誰かが、『すっこんでろ』と怒鳴ってもおかしくない状況にもかかわらず、全員が口を開けたままなにも言えないのは、それだけこの事態に困っていたことと、エレインの堂々とした態度に対する困惑が強いのだろう。

反論がないのを承諾と取ったエレインは、静かに、けれど誰にも邪魔させないといわんばかりの、使命を負う者特有の声の強さで告げる。

「近衛隊長のギース様は伝染病などではありません」

周囲が呆気《あっけ》にとられたのも束の間、誰よりも早くアデラールが口を開く。

「なにを根拠に」

「ギース様の発疹は脇腹から肩甲骨へ向かって帯状に走っていると耳にしました。……伝染病でしたら、血管にそって不規則に広がっていくはずですし、背中より先に顔に発疹が出ることが多い。ですが顔に発疹が出たとは聞いてません」

端にいた船員の中でも年かさの男があっ、という顔をしたあとでエレインを尊敬の眼差《まなざ》しで見つめだす。

それを無視して、アデラールは眉間の皺《しわ》を深くし、強い口調でエレインを問い詰める。

「だったら、ギースの発疹はなんだというのだ」

「漆《うるし》かぶれですね」

英雄王で人を声で従わせることになれたアデラールのうなりを、近所の犬と変わらないと言いたげにエレインは肩をすくめ、小首を傾げ笑う。

「ブリトンやその周辺の地域では、初夏から幼年騎士学校の新学期が始まり、貴族の子弟たちは入学と同時に、幼くても志高き騎士であると誓い、学院長から黒檀《こくたん》の木剣を下賜されます。

庶民の子らもそれに焦がれ、真似ようと、普通の木剣を墨で黒く塗りつぶして騎士ごっこをするのですが、中には漆を塗って黒く見せた剣を振り回す子もいるのです」

漆は乾けば黒檀以上に黒く艶《つや》やかなため人気が高く、男の子らは秋頃から親に内緒でせっせと木剣に漆の汁を塗り重ねていくが、春先になると我慢できなくなり乾いてもいない木剣を振り回し、相手の肌をかぶれさせる子が出てしまうのだ。

「近衛隊長殿はきっと、気さくで子ども好きなのでしょうね。……早朝しか稽古場で遊べない街の子どもらを相手してあげて、漆かぶれになられたのでしょう」

停泊していた船の状況を思い出しながら告げれば、アデラールがあっという風に目を大きくし、唇をわななかせた。

――予想が合っているのだろうか。

(違っていたら、人一人の命が失われるかもしれない)

エレインの中に言いしれない恐ろしさが渦を巻き、不安を徐々に煽《あお》り立《た》てる。

それを薬師としての知識と使命感で押さえつけ、できる。大丈夫と言い聞かせ、祈るような気持ちで、なにごとかを考えているアデラールを見る。

(違っていたら、ギース様の命が危ういだけでない。私も、無駄に人を死へ追いやった王女として厭われる――いや、殺されてしまうかもしれない)

そうなれば両国の問題はさらにややこしくなり、最悪、戦争となって多くの民が巻き込まれる。それだけは避けなければと頭を働かせていくが、どんどんと思考が白くなっていく。

「治せるのか?」

アデラールが訊いた。

――私に、できるだろうか。

いや、やるしかない。

できるかどうかではない。やってその結果を受け入れ、次に過ちを犯さないことが大事なのだ。

薬の調合を失敗したエレインに対し、母に珍しく厳しい顔で告げられた過去が頭をよぎる。

その時だ。

波が左舷をざぶんと叩き、船体が大きく揺れた。

身体が傾ぐほどの衝撃に我を取り戻したエレインは、息を呑んで我を取り戻す。

目の前には恐ろしいほど鋭く、冷ややかな色をした蒼い瞳で自分を見つめる若い男――ロアンヌの若き王であるアデラール――が、変わらずの無表情ぶりでエレインの返事を待ち構えている。

気を取り落としていたのは一秒だろうか、それとも一分?

自分でも分からないまま、今が現実であることを確かめるためだけに唾を呑む。

喉が隆起すると同時に引き攣れた痛みが走ったが、逆に気持ちは落ち着いた。

（大丈夫。治せる。難しい症状じゃない。……それに私の立場だって、人質姫が田舎姫に逆戻りするだけ。だったら今までと変わらない）

多少――いや、かなり冷遇され、意地悪されるかもしれないが、そんなの慣れっこだ。

それより目の前にある救える命に手を差し伸べないことが、ずっと罪深い。

最悪は覚悟している。だからなんの問題もない。

エレインは額から落ちかかる金髪を指で掬うと恐る恐る息を継ぎ、それから力を込め落ちかかっていた顔を上げ、白い処女のヴェール越しにアデラールへ視線を向ける。

一瞬、アデラールの高熱の焔めいた蒼い瞳の奥に不安がくゆるのが見えた気がしたが、それに関わっている暇はない。

ともかく、この騒ぎを――船内に疫病人が出たと混乱する船内を治めなくては。

そのためには誤解を解くことが肝心だ。

そう。自分が身に付けた、この姫らしからぬ薬師としての腕で。

自分の中に確固とした芯が通るのを感じながら、エレインは一言一言に力を込めながら声を出した。

「やれます。私、彼を治療することができます」

腹の上で手を組み、声を出し待っていると、一拍置いてアデラールがうなずいた。

「よし、やってみるがいい。ただしヴェールは外すな」

処女の証であるヴェールを取れば、それはアデラールとしとねを共にしたと宣言することになる。いずれ離婚するのだから、それでは困るということなのだろう。

できるか、と問われ、できますと答えた途端、アデラールが道を空けろと吠《ほ》える。

「陛下⁉」

ディディエが金髪を乱す程の勢いで振り向き、素っ頓狂な声を上げる。

それを手で制し、アデラールはゆっくりと、獲物を仕留めるか見逃すか探る獅子《しし》の動きで椅子から立ち上がる。

「だが、変な事をされても困る。だから俺も行く。いいな」

今度は部屋のあちらこちらから、陛下だとか、それはと感染を危惧する声が上がる。

しかしアデラールはまったく気にとどめず、エレインだけをじっと見つめたまま不敵な瞳のまま口角を上げ笑う。

「姫の主張が正しいなら伝染病ではないのだろう。なら感染を心配するのは馬鹿げている」

逆に、治療といって変なことをされたり、あるいは目当てが外れていた時に対応が遅れることが問題だと、彼の鋭い視線が語っている。

（ああ、この方も最悪を覚悟されたのだわ）

孤立無援だったはずが、思いも寄らぬ援軍を得た気がしてエレインは勇気づけられる。

アデラールは最悪を覚悟した。同時に、エレインを信じると決断してくれた。

そのことがとてつもなく嬉しく、誇らしい。

彼が英雄王と呼ばれ多くの人に慕われる理由を、理論ではなく感情として知りながらエレインはアデラールに付き添われ、一度部屋へ戻り薬草箱を手に一段下にある部屋へと降りる。

上級船室は八人部屋で、エレインが使っている部屋よりずっと窮屈な感じがしたが、息苦しさがまったくない。

というのも、部屋の中には近衛隊長のギースらしき男性と、船司祭だけしかいなかったからだ。

そこへアデラールとエレインが入り込み、寝そべる男性から毛布を剥《は》いで症状を見る。

「やっぱり。……発疹が帯状な上、直線的すぎます」

指摘しつつ手を洗い、持ち出した箱の蓋を開く。

途端、薬草独特のつんとした匂いが漂う。

エレインにとっては薬師として親しみ慣れ、気持ちが落ち着く香りだが、病人にとってはきついこともある。

さりげなく手と布で風の流れを遮って、さてと箱の中身を見る。

緩衝材である綿を取り除けば、蓋の意匠にもなっている大葉子、よもぎ、亜麻など、丁寧に採取し乾燥させた薬草たちが詰めた時のままきちんと収まっている。

その中から、馬の尻尾と呼ばれるスギナを取り出して乳鉢に入れ、船員に頼んで湧かしてもらった湯を少しずつ加えて錬《ね》り混ぜていく。

「これで湿布を作っていきます」

症状に始まり、自分がやることとその効能を一つずつ説明する。

なにをされるか明白にすることで、患者とアデラールの不安を払拭すると同時に、自分もまた手順を間違えないよう確認するためでもある。

「本当は、生《なま》の草が一番いいんですけど、まだ時期じゃありませんから」

スギナの若芽が取れるのは春も半ばの陽がよい頃だ。

そう説明しようと手を止めると、アデラールがふっと笑って頭を振る。

「時期だったとしても船の上ではな。かまわないからそのまま続けてくれ。……揺れがあって大変だろうが、落ち着いてがんばれ」

ギースの症状が伝染病ではないというエレインの見立てを後押しするように、穏やかで、だが力強い声で言われドキリとする。

信じ頼られている。そのことが妙に心を落ち着かなくされる。

(今まで、田舎姫と散々馬鹿にされてきたから)

だからちゃんと一人の人間として、なにより薬師として信じられることが、同時に頑張れと励まされたことが嬉しい。

思わず取り落としかけた乳棒を握りなおし、湿布にする塗り薬を作ることに集中する。

だけど船の揺れに合わせたかのように、気持ちが揺れて鼓動が騒がしい。

後ろにアデラールがいて、手元を見ているから緊張しているのだと考えようとしたが、違う。彼はもう、すっかり気持ちを切り替えており、まだおっかなびっくりで部屋の外から状況をうかがう船員やディディエたちに問題がないと、態度で示しだしている。

その堂々とした様子は惚《ほ》れ惚《ぼ》れとするほどで、なるほど君主とはこういうものであるべきなのだと感心しているのが半分。残る半分は、彼が今までに見たことがないほど優しく信頼に満ちた目を、エレインの横顔へ向けてくれる安心だ。

（深呼吸しなきゃ。どんな簡単な症状でも、油断は禁物）

広げた木綿布に素早く塗り薬を塗布し、エレインは目を閉じて静かに深呼吸を繰り返し、次の瞬間、布を手に取りギースの患部へと貼り付ける。

測ったようにぴったりと湿布が発疹を覆い尽くした途端、ギースの身体がびくんと小さく跳ねたが、数秒も待たずして、「き、気持ちいい……」と、緩んだ声を出す。

「さ、こちらを飲んでください。鎮静と鎮痛の効果がある薬草茶です。湿布と同じ薄荷と蜂蜜を入れて、薬が苦手な方でも飲みやすくしていますから」

肘をついて身を起こしたギースの背をそっと支えつつ、薬草茶を飲ませきると、かゆみに顔をしかめていたギースの眉間がたちまちに緩む。

「すっげー、楽になりました船医さん」

熱で朦朧《もうろう》としているのだろう。白いヴェールを着たエレインを医師と間違え感謝の言葉を述べるのを、はにかみながら受け流す。

「いいえ、そう言っていただけると嬉しいですし、話せる元気が出てきたなら、明日の朝にはもっと楽に、気分よくなりますからね」

「……天使だ。熱のせいかな。天使に見える」

横たわり、ぼんやりとしたまま呟くギースの台詞に、思わず照れた笑みが漏れる。

本当はずっと患者の側にいて容態を見ていたいのだが、そうもいかなかった。

「あとは船員に任せて、部屋で休め。大丈夫だから」

また大丈夫だと繰り返され、エレインの頬にぽっと朱が上る。

するとアデラールが驚いたように目をみはり、ついでエレインの肩へ手をやり退室を促してきた。

「本当に、ありがとう。君のおかげで助かった」

自分が間違っていたことを恥とせず、逆に、エレインの功績だとしっかり認めるアデラールの言葉が半分も頭に入ってこない。

どうしてだろう。なぜだろう。彼に触れられた場所が変に熱っぽい。

伝染病なんて存在しないのに、どうして自分はドキドキしたり、変にあちこちが熱くなったりしているのか。

動き始めた感情がなんという名を持つかわからないまま、エレインはうつむいたままアデラールへと部屋まで送られ、扉を閉める間際にもう一度ありがとうと囁かれた後は、もう、わけもわからない恥ずかしさのまま、備え付けられたソファに突っ伏して、ただただ身悶《みもだ》えていた。

◇◆◇

夜風がべたつくほどに湿っている。

眉をひそめアデラールは甲板で空を見上げた。

(星の数が少ない……)

真夜中に昇り始めた下弦の月も雲で霞《かす》んでいて形があやふやになっている。

これは一雨くるかもしれないなと思いつつ、それでも甲板から動くでもなく、揺れる船の上で溜息を吐く。

「どうするべきか」

頭の中にあった言葉がつい口をついた気まずさにより顔をしかめるが、一度出た声は取り戻せない。

――どう接していいのかわからない。顔どころか名前すら知らず結婚した姫君と。

首筋で束ねている黒髪が乱れるのにも構わず、アデラールは後頭部を掻《か》き乱す。

（金遣いの荒い奔放な王女との噂は、エレインのことではなかったのか？）

先王の子、英雄王として内乱を平定した時より、荒れた国内を豊かで平和なものへ導こうとする時より難しい問題を前に、頭を抱えてしまいたくなる。

きっかけは、ブリトン王国が約束された年月を過ぎてなお、先王の時代に購入した大砲の代金を支払わずその金を懐に入れ、のうのうと贅沢に耽《ふけ》っていると報告を受けたことだった。

本来なら毎年、春先に分割して代金を支払うと契約されていたものだったが、ロアンヌ王国が王位を巡る内乱で支払いを求めることを忘れていたのを幸いに、ブリトン王は契約書を破棄し、知らぬ存ぜぬで通していたのだ。

官僚たちが収支の合わないことをいぶかしみ、調査させたことから発覚し、返還を求めたのは半年前だったか。

本来なら戦争になってもおかしくない約束破りだが、こちらも内部のお家騒動で忘れていたという弱みもあるということから強くは出られない。

穏便にとの周囲の意見もあって、アデラールは仕方なく、書簡でのやりとりで金を支払うよう求めていたのだが一向に進まず、業を煮やしてブリトン本国へ足を向けた。

すると待っていたとばかりに屁理屈《へりくつ》をこね回すばかり。

あまりに無責任な対応に、アデラールがそれでも王族か。担保代わりに人質でも差し出すとでも言うのか。と皮肉を口にすれば、待っていたように、〝それでよろしいのなら〟と答えられ、王女を人質がわりの花嫁として輿入《こしい》れさせようなどと言い出した。

冗談ではない。

花嫁を誰にするか。選ぶ権利はアデラールにある。

だが、腹心にして交渉の責任者であるディディエが〝それも悪くない〟などと言いだした。

というのも、相手が嫁がせてもよいと言っているのは第一王女——順当にいけば王位を継ぐだろう女性。

であるならば、借金を返せないなら国土をと交渉することも可能になるというのだ。

なにも本当に結婚する必要はない。仮の婚姻である〝白い結婚〟に留めておいて、この問題が解決したなら、教皇庁に赦《ゆる》しを求めて離婚すればいいだけだと。

実際、返せ、返さないで交渉は膠着《こうちゃく》していたし、成果もなく国に帰れば老臣たちが顔をしかめるだろうことは目に見えていた。

恩師ともいえる老臣たちから説教されるのは仕方ないし、内乱はあったがその後の復興は順調で金に困っている訳でもない。

けれど王でありながらなにもできず戻ったのでは民に顔が立たない。

それに、一向に進まない交渉と同じく、次から次に降りかかる縁談に頭を悩ませていたのもあった。

独身で、それなりに見栄えがし、実力があることは内乱の平定で証明されたアデラールが王位についた途端、中立を決め込んで日和見していた国内貴族らが、次から次に娘を送り込んできては伴侶にどうかと騒ぎ続ける毎日にうんざりしていたのもある。

小国とはいえ王女ならば身分に問題ない。しかも隣国と外交的な名分も立つ。

見せかけの婚姻という点と、相手の評判があまりよくないことが気に掛かったが、政務に集中できるようになるならば、安い買い物のように見えた。

だから、無理を承知で半年で用意できるなら、そうしてもいいと答えてしまった。

王女の輿入れには準備が数年かかるのも珍しくない、しかも相手は〝贅沢好き〟で〝遊び好き〟と街でも評判の王女。

王族の義務を果たさず権利ばかり啜《すす》るような姫が、そんな条件に納得するはずがない。

無理難題を突きつけられて、少しは苦労すれば金を返す気になるだろうと高をくくって、改めて訪れてみれば、すっかり結婚式の用意が調っており、あれよあれよの間に夫婦となってしまった。

(この年まで、恋どころか、女を抱いたことがないのに、いきなり花嫁だなんてどう接すればいいんだ)

物心つく前に父を亡くし、それが不当と気付いた時には南にある島の男子聖堂大学院に〝王族寄宿生〟という名目で幽閉されていた。

人質とされていた母がいた修道院を探し当て、仲間をつどって島を脱出し助け出してから、勝手に王を名乗り贅を尽くした生活を送っていた叔父を打倒するまでは軍隊暮らし。

思春期の多感な時期を暴れたい盛りの少年だけで過ごし、青年となってからは、女といえば軍隊の尻を追って男にまとわりつく娼婦《しょうふ》らか、身ごもれば王妃！　と目をぎらつかせる貴族や地方領主の娘ばかり。

適当に遊んでいい思いをすればいいのさと、花から花へと飛び回る蜜蜂並のせわしなさで女とつきあって、惚《ほ》れた腫れた、あんたを殺して私も死ぬといった痴情沙汰を引き起こす従兄弟のディディエを見てうんざりさせられ、内乱で苦しむ民に目をむけず、自分と父親の既得権益を守り増やそうとする女の、これ見よがしな誘惑に呆れ嫌ううちに、女嫌い——というより、アデラールの肩書きや権力しか見ない俗物嫌いは悪化した。

結果、恋だの愛だのどうでもよくなり、まあ、国内が落ち着けば適当な時期に、つつましい姫か令嬢を選んで嫁に迎えて跡継ぎを作れば。ぐらいの考えでいたのに、横殴りの勢いで他国の王から嫁を押しつけられてしまったというわけだ。

接し方がわからず戸惑うのは当然である。

(外交はまだまだだな)

軍略や剣や槍《やり》を使った戦闘、国内統治のための知識や計算は聖堂大学院で学び、多少の覚えはあったが、王としての外交はほぼ未経験であったため、のらりくらりで話をはぐらかす天才であるブリトン王にまんまとしてやられた形だ。

金はすぐには回収できない。だが王女の伴侶であれば、現在の王が死亡した際、遺産分与として領土のいずこかをせしめるぐらいはできるだろうという閣僚たちと検討を重ねた結果、この政略結婚を呑もうと決断した。

それが多少の毒婦であっても、関わらなければどうということもない。

結婚しても、必ず抱く必要はないとの言葉をいいことに、頭から無視して数年をやり過ごそうと決めていたのに。

(聞いていた話や結婚式の時に見せた姿とまるで違う)

ちらりと目線を甲板の反対側にある船室部分へ、船長とアデラール、そして娶ったエレインが使う貴賓室のある場所へと走らせまた溜息を落とす。

胸中を騒がせる戸惑いを捨てたくて首を左右に振ったが、まるで効果がない。

結婚前にアデラールが耳にした王女エレインの噂は、とんでもなく酷《ひど》いものだった。

曰《いわ》く、高慢で選民意識が強く、王女であるのをいいことに贅沢三昧《ぜいたくざんまい》。毎日のように宝石や服を父王にねだって湯水のごとく税金を使う。

しかも派手好きの遊び好きで、取り巻きの貴族令嬢らと一緒になって男を招いては毎晩乱痴気騒《らんちき》ぎ。二日酔いは毎度のことで夕方まで姿を見せることがないと来た。

さすがに誇張だろうと、ブリトン王宮に潜ませている間諜《かんちょう》に国の税務帳簿を調べさせてみれば、王女への歳出がずば抜けて多かった。

しかも、二日酔いの薬となる薬草の購入も頻繁にある。

これは評判どおりの女で、アデラールが一番嫌い、唾棄する類の女でもある。

それが事実と裏付けるように、結婚式ではヴェール越しにもわかるほど派手でけばけばしい化粧な上、誓いの接吻を促された時は、両脇に垂らしていた拳を振るわせ怒るほど気位の高さを見せつけていた。

――こんな女を抱くのか。俺は。

別に後生大事に童貞を守ってきた訳ではなくたまたまではあるが、相手の女性に貞淑さを求める以上、自分もまた同じであるべきだと考えていた。

だから、〝心を許せる女でなければ嫌だ〟と語っては、従兄弟に、〝君が望む女性なんて、このロアンヌ王国のどこを探してもいない〟などと馬鹿笑いされていたぐらいだ。

浪費家なのはいい。歳出を司《つかさど》る官僚たちに財布の紐《ひも》を絞らせればいいのだから。

気位が高いのだって、異国ではそうもいかないと思い知ることになるだろう。

うんざりしながら、花嫁の銀のヴェールをもちあげてみれば、枝からおちたリスみたいなきょとんとした表情をされ戸惑った。

と、同時に妙に愛らしいその姿が微笑ましくもあり、気付けば、素振《そぶ》りだけで済ますつもりだった誓いの口づけを、本当にしてしまっていた。

だが、馬車何十台分もの荷物も、多すぎる侍女もお断り。持ち物は長櫃《ながびつ》に三つだけ。それも男が二人で抱えられる重さのみにしろ。と王女が嫁ぐにしては厳しすぎる条件を出し、守れるはずがなかろうと踏んでいたロアンヌ王国側の予想を裏切り、彼女は小さな長櫃を三つと、それより小さな、小脇に抱えられるぐらいの大きさの木箱一つだけで、出立の馬車の中、怒りもわめきもせず、ただ粛々と事実を受け入れる殉教者のように、静かに、穏やかに座っていた。

花嫁道具にしてはやけに少なすぎる。

長櫃三つ分など、白物と呼ばれる下着やシーツなどのリネン類だけで終わってしまう。

普通であればそこに茶道具、装飾品、ドレスに靴、羽扇と続いていくはずなのにそれもなく、予定より一時間以上早く出航することができたのは、なんの罠《わな》か冗談か。

虚を突かれ、なにも言えないどころかどういう表情をすればいいのかすらわからず、アデラールは無表情かつ無言で馬車に乗り込んだ。

夫から冷たい態度を取られたにも拘わらず、彼女――エレインは、親しみの籠もったお辞儀をしてきて、内心ドキリとした。

馬車が進むごとに、気まずさは増していき、どう声をかければいいかわからず、ただ静かに窓の外を眺める彼女の横顔ばかり盗み見ていた。

城下町は平穏で、自分が不本意な結婚をしたことなどまるで関係なく、腹立たしいほど普通で、来た時と変わらなく見えた。

だが馬車が広場をよぎりだすと、アデラールの苛立ちは一転して痛みに変わる。

城下町の象徴だろう大きな教会から、結婚式を挙げたばかりの男女が出てくるのがエレインの横顔ごしに見え、舌打ちをしかけた時だ。

まるで発作を起こした病人のようにエレインが鋭く息を吸い、呼吸を止め、ついで俯《うつむ》きがちだった顔が真っ直ぐに空へと向けられる。

——泣いているのか。

銀色の光を跳ね返すヴェールが漣《さざなみ》を打つように揺れ、一部が滴に濡れて透ける。

ぼんやりとした輪郭の他は、嫌悪感を煽《あお》るばかりの派手な口紅ばかりが目立ち、顔などまともに見えないはずなのに、その瞬間だけ、凛《りん》として覚悟を決めた乙女の横顔が透けて見え、アデラールの心臓がどくりと大きな音を立てた。

(こんな顔立ちだったか?)

別人ではないかと疑えてしまうほどがらりと変わった雰囲気に気を呑まれ、同時に、彼女に対してとてつもなく酷いことをしている自分に気付かされる。

借金を返しもせず浪費しては、忠言も聞かざる悪女。街でも評判の浪費家。——そう聞いていたが、だからといって、冷たく当たり傷つけていい訳ではない。

まして自分の目で確かめた事実ではなく、城下の噂と部下の報告という他人越しに受け取った評判だけを頼りにして?

(よい訳がない)

どころか単なる八つ当たりではないか。大人げない。

わかってしまった途端、アデラールは己が恥ずかしくなる。

しかし、結婚式で顔を合わせてから、相手を無視した態度ばかり取っていた手前、話しかけるにも、どんな話題を振ればいいのか見当が付かない。

堅物で、ゆえに女性のご機嫌取りの手管などまるでわからぬ男には、この状況は複雑過ぎる。

微笑みかけようとすればするほど、不自然に引きつり出す顔の筋肉に頭を抱え考えるも、まったくやりかたがわからない。

懊悩する理性とは逆に、鼓動ばかりが早鐘のように鳴り響き、しまいには変な汗が背筋を伝いだす。

そうやって悩んでいる間に馬車は港に着いてしまう。

季節柄なのか、天気の良さに反比例して港を吹く風は強く、馬車の段を下りながら、エレインが吹き飛んで仕舞《しま》わないだろうかと不安になった。

思わず手を差し伸べれば、ヴェール越しにエレインが驚いたように目を大きくし、ついで小さく微笑みながらそっと指先をアデラールの掌に載せ、ありがとう。とつぶやかれたのが第一撃。

第二撃は言うまでもなく、今日の船での騒動だ。

ドーヴァ海峡から西周り航路で十日。

舞踏会もお茶会もない海の上は、浪費姫にとってさぞかし堪えるだろう。という周囲の予測に反し、エレインは元気溌剌《はつらつ》に船弦から身を乗り出しては、イルカの集団に声を上げて笑い、遠くの島に連なる椰子《やし》の木に目を丸くしたりと忙しい。

身代わりかと疑いたくなるが、鮮やかな新緑色の瞳も豊かに実る麦畑のような黄金の髪も、ヴェールを透かして見える顔も結婚式の時と同じな上、はしゃいでいない時――たとえば、船長やアデラールと会話する時や食事の際――は、王族らしい礼儀作法と言葉遣いをわきまえていた。

(式の時から入れ替わっていたのであれば納得するが、そうではないだろう)

入れ替わっていれば、ブリトン王国に駐在し連絡役を担っていた外交大使が指摘しただろうし、司祭を騙《だま》せば王族だって教皇庁から罪を問われる。

なにより、英雄王と呼ばれるほど戦場で功を立てたアデラールを怒らせれば、戦争になりかねない。

大したことのない額の借金を帳消しにするためだけに、そんな危険は犯さないだろう。

ああでもない。こうでもないと思考に耽っていると、船の扉が開いて従兄弟のディディエが散歩がてらに歩み寄って来た。

「やあ。どうだい新婚生活は」

答えが分かりきっているくせに聞かれ、顔をしかめる。

「なにが新婚生活だ。部屋は別な上、一緒に寝てもいないのに」

「だが接吻はしただろう」

くくっと喉を鳴らされ、アデラールはつい舌打ちを落としてしまう。

「ブリトンでの式は内々のもの。いわば、条約の締結と同じでブリトン王の承認を得るためだけに挙げられた、簡易的なものだ。……正しい意味で夫婦ではない」

結婚の成就は式ではなく、初夜の完了によって証明される。

つまり、式は男女としての交わりを行うに値する関係と認めを得るだけのものにすぎない。

アデラールとエレインの関係は、いわば〝白い結婚〟で、初夜が完了していない今、夫婦となったとは言いがたく、それゆえに離婚も可能な関係である。

それがわかっているのに〝新婚生活〟などと関係を匂わされ、不快感を隠さずにいるとディディエは余計に笑い、痛いところを突いてくる。

「だがロアンヌでは抱くつもりだろう」

「抱くとか言うな。初夜だ。……それに、俺と姫の関係はそういうものではない。単なる〝白い結婚〟だ」

ドキリと心臓が跳ね上がったのを誤魔化《ごまか》したくて背を向けるが、幼児の頃から一緒の従兄弟はわかっていた。

「〝白い結婚〟ねえ。……まあ、でも彼女には驚かされるよ、まったく」

「ギースの容態がどうかしたのか」

アデラールが少年の頃から側近でもある近衛隊長の名を口にした途端、ディディエはあきれた素振りで肩をそびやかした。

「元気にいびきを掻《か》いて寝てるよ。あんまりうるさいから出てきたら、君がいたってだけで」

それにしても、と言葉を句切り、うんと身体を縦に伸ばした後でディディエはニヤリと人の悪い笑顔を浮かべる。

「彼女、少なくとも、噂にあったような、浪費家な姫ってだけじゃなさそうだ」

「……そうだな」

本当のエレインは、一体どういう女性なのだろう。

今日何度目になるかしれない問いをどこかへ投げかける。

浪費家で、夜な夜な取り巻きの若い貴族らと乱痴気騒ぎする甘やかされた王女――のはずだった。

噂だけ信じるのは誠実でないとブリトン王宮に忍ばせているものに探らせ、浪費家なのも裏付けが取れていた。

職務に忠実な彼らが主――アデラールに嘘をつく利点も理由もない。

けれど昼間見たエレインの治療師としての技は、付け焼き刃でできるものではない。

ギースを手当する際、手袋を外したエレインの細い指先を思い出す。

爪や指先がほんのりと淡い翠緑色に染まっていたのを。

(あれは確かに〝緑の指〟だった)

一年、二年と薬草を摘み、扱い、薬を煎じる者はその汁が爪や皮膚に染みてしまう。

だから軍人や傭兵《ようへい》たちは初陣に際して教えられるのだ。

――『自分や味方の命が危うい時は、人の言葉ではなく緑の指を信じ探せ』と。

船員達がエレインの処置に異を唱えなかったのも、彼女に圧倒されたこと半分、残り半分はその淡く輝く新芽のような美しい緑の指を見てしまったからだろう。

また腹の奥で、自分の理解できない、知らない感情がふつふつと熱を持ちだし、その不快さに眉を寄せていると、ディディエが肩をそびやかす。

「ひょっとしたら、あの国で最も価値あるものを手にしたのかもしれないね」

「なに?」

人懐っこい笑顔と、天使のように無邪気な顔立ちをしながら、どこか飄々《ひょうひょう》とし、時にはアデラールさえぞっとする腹黒さを見せるディディエが、なにか企《たくら》んでいる顔で口角を上げる。

「価値あるといっても、彼女はただ、借金を返す代わりの身代《みのしろ》としてロアンヌ王国に来ることになっただけで、結婚だって、その……本当に行為をしたわけでもない」

言い訳しながら、どんどん自分が酷い男に思えてきて、わざとらしく咳払いすれば、ディディエはますます笑顔を輝かせた。

「いいじゃないか。借金の返済代わりに花嫁なんて、留守番の老臣たちになんて言い訳しようと悩んでいたけれど、極上の縁談なら申し分ない」

「なにを馬鹿な……」

「初夜が楽しみだね」

「そんな夜は来ない！」

そういうところが初心なのだとからかい笑われ、アデラールは憤慨した表情をつくってみせたが、頭の隅ではディディエの言うことも一理あるとわかってもいた。

第三章

ロアンヌ王宮で与えられた私室に入ったエレインは、寝台に大の字となって飛び込み声を上げる。

「はぁあああああ。疲れた」

船旅は楽しかった。けれど十日も波に揺られ続けた上、硬く狭い寝台しかなかったので、すっかり身体が強《こわ》ばっていた。

それでも、待遇が悪かったとはいえない。

どころか船特有の部屋や家具の狭さを覗けば、いたって快適だった。

伝染病事件で信頼を得ることができたのか、ある程度の範囲なら出歩いてもよいとの許可が出て、おかげで船乗りたちから旅先の話やロアンヌ王国である祭や市場、それから船酔いについても勉強することができて充実していた。

とはいえ肉体的な疲労だけはどうしようもできず、また、船を下りて丸一日馬車での移動だったこともあり、エレインはすっかりくたくただ。

案内された部屋に入り、これから世話になる侍女を紹介された後は、風呂の手伝いも断って自分で済ませ、楽な服装に着替えてしまった。

白銀のヴェールを脱ぎ、服も重くて身体を締め付けるドレスではなく、絹の夜着のみだ。

鏡に映る自分を見て、エレインは色気があるとは言いがたい姿だなと苦笑する。

洗って乾かしただけの髪は、解かし真っ直ぐに流しただけで結うどころかまとめてもいない。

化粧もなく、素顔になれば途端に年齢より幼く見える、まるで木から落ちたリスみたいな顔をした女が、新緑色の瞳を丸くし、こちらを見ている。

これではとても新妻には見えない。

しかし、政略結婚で妻に興味がない夫となにかあるとは思えないのでいいだろう。

エレインは思う存分に手足を伸ばし、脱げた室内履きを揃《そろ》えもせず、首の骨を鳴らしながらくつろぐ。

正直、王女としてはかなり飾らない姿だが、きっと誰も来ない。

晩餐《ばんさん》で口にした蜜酒がすこし回っているのか、いつもよりさらにお気楽な気分でそう思う。

（客なんて、来る訳ないもの）

ふふっと笑いをこぼしながら、ブリトン離宮の使い古され固くなった綿布団とは違う、正真正銘、白鳥の羽毛をたっぷり詰め込んである布団に顔を埋めつつ、ここ数日を振り返る。

突然結婚と言われた時はどうなるものかとびっくりしたが、式の退屈さや準備の大変さはともかく、人生初の船を体験した上、薬師として役にたてたし、海軍士官や船員たち――とくにエレインが治療したギースと普通に話ができたのは楽しかった。

夫となったアデラールはそれを微妙そうな、それでいて不満げな顔で、少し離れたところから見ていたがエレインは気にしない。

(相手も離婚前提のつもりだろうし)

借金がどのぐらいあるかわからないが、アデラールは君主であり跡継ぎを残す義務がある。なら、長くても五年。

どうかしたら二年ほどでこの結婚を解消してくれるのではないだろうか。

本人に確認した訳ではないので、勝手に解釈するのは危ういが、それでも期待してしまう。

(初夜も、なにもなかったし)

結婚した日の夜、いつアデラールが来るのかとエレインは緊張しつつ船室のベッドに座っていたが、結局彼は来なかった。

その次の日も同じで、さらに次の日は乗組員に伝染病が出たと騒ぎとなり、薬師の習性で現場に駆けつけてしまった。

そんな騒ぎがあったので、初夜どころではなかった。

(けど、ちょっとドキドキした、かも)

ギースに対する治療を施した後、肩を抱かれ廊下へ移動したエレインは、姫らしくない行動を咎《とが》められるかと心配しつつ彼を見上げた。

その時、高波に船が揺れてアデラールに抱き留められたのだ。

服の上からもわかる長く逞しい腕が腰に絡み、今まで感じたことのない力強さで引き寄せられる。

乱暴とも言える仕草なのに、けれど怖さはまったくなくて、逆にこれが異性——男なのだと知って鼓動が高鳴った。

なにもかもが女性と違う。

柔らかい肌に細い骨、月のものが訪れればすぐ貧血になってしまう、もろく、冷えやすい身体の女に対し、なめした革のように艶やかで張り詰めた肉体と、直線的な首筋から肩の線。

肋骨《ろっこつ》がまるで鳥籠みたいに膨らんでいて、そこから心臓の滾《たぎ》る脈動が身体越しに伝わり、腹の奥へと響いた。

想像もしなかった体験に眼を大きくしたのも束の間、樫の木を思わせるしっかりした存在を抱きしめたい衝動が起こり、自分が変になったのかとエレインは眼をまばたかせたものだ。

恋人の抱擁は甘いと、辺境伯領で一緒に働いていた娘らがうっとり話していたが、なんとなくわかる気もする。

今まで一人でいろいろと耐えてきた分、アデラールが——いや、夫という無条件に頼っていい存在を前に心が緩み、つい抱きつきそうになったことに赤面する。

「いやいや、いやいや。……それはないというか、あってはならないというか」

顔を布団に伏せたまま自分に言い聞かす。

(数年で別れる夫に、真実の交わりを求めてどうするの)

相手だってそんなことを求めてないのは、船の航海中から今まで、一度だってエレインの部屋に入らなかったことから明らかだ。

どころか、微妙に避けられている気がする。

(好都合だけれど)

うん、と一人頷《うなず》きつつ、どうしてか心の隅が棘《とげ》で突かれたみたいに痛む。

感傷じみた胸の痛みを無視しようと、右に左にごろごろと転がりながら布団の柔らかさを楽しんでいると、不意に客間の扉が打ち鳴らされる。

「……誰かしら?」

尋ねてくる人などいないと思っていただけに、少しだけ驚いてしまう。

というのも、ブリトン王国から連れ出した侍女は皆無。

荷物に至っては長櫃三つだけという、身一つに近い状態で嫁いできたのだ。

当然、知り合いと言える者などいないし、この結婚自体が急だったため、ロアンヌ王に仕える貴族や侍従などの出仕人たちのほとんどがエレインを知らず、知っている側近の大半も、エレインをどう取り扱えばいいのか困惑している節があった。

せめて同年代の娘らと仲良くできればと、途中ですれ違った貴族令嬢へ笑顔を向ければ、ものすごい顔でにらまれてしまった。

――まあわからないでもない。

見た目は最高、性格もまずまず、統治者としての実績と血筋も証明された若き英雄王だ。

独身の貴族令嬢は花嫁となることを願っていただろう。そこへ島国の姫に転がり込まれれば嬉しくはない。

ともあれ本格的なお披露目《ひろめ》はしばらく休んでからと告げられ、晩餐の時に最低限の貴族へのみ紹介されたものの、大半が上辺はにこやかに、だが腹の中に己が利権への計算高さを含んだ様子で挨拶し、礼儀を失しない程度の距離を置かれた。

本格的な社交や人間関係の把握も必要になると思えばどっと疲れたが、付けられた侍女たちは、侍女頭のカロルという中年女性を始めとして、誰もが気持ちのいい女性ばかりで、それがありがたい。

船を下りるなり沢山の人に引き合わされて体力は限界だし、笑顔で顔の筋肉が引きつりそうだし、神経はもっと疲弊していた。

「……なんだか嫌な予感がするわ」

できれば眠ったふりでやりすごしたいが、そうもいかないだろう。

夜更けに王妃の部屋を訪ねる者は限られているし、万が一の事態だとしたら大変だ。

よっこいしょっと身体を起こし、寝間着の上からガウンを羽織り身なりを整える。

そうして最後に、枕元に畳んでいた銀のヴェールを頭から被る。

「これだけは、絶対に忘れる訳にはいかないものね」

羽毛布団で遊ぶうちに乱れた金の髪を手でさばき、腰まである長いヴェールを被って鏡を覗く。

銀の薄衣越しにぼんやりとした輪郭が見えるが、表情や化粧を落としていることまでは見取れない。

(案外、このヴェールは助かるわ)

結婚に際して父王から下賜されたヴェール越しにエレインはにんまりする。

ヴェールは処女の証。つまりエレインがこの銀の薄絹を被っている限り、王と肉体の交わりはありません。ということとなり白い結婚——婚姻は不成立として離婚が認められやすい。

(おまけに顔を覚えられにくいという利点もあるし)

いいことずくめではないか。

このまま一年か二年、このロアンヌ王宮でひっそりやり過ごせば、離婚され、正真正銘自由の身となる。

その上で失踪すれば、ブリトンのあの嫌な王族たちとの縁まで断ち切れる。

(どうせ誰も必要とはしていないもの。田舎姫なんて)

普段は決して表に出さない劣等感を口の中だけでつぶやいていると、不意に肩を叩かれエレインは飛び上がる。

「ひゃっ」

「……そんなに驚かれると、心外なんだが」

いつの間にかうつむいていた顔を上げれば、鏡越しに眉目秀麗な男が見えてドキリとする。アデラールだ。

あわてて振り返り見上げると、彼は拗《す》ねたように口を尖《とが》らせ、眉をひそめていた。

驚きのあまりしゃっくりが出そうになるのを、生唾を呑むことでなんとか抑え、エレインは口を笑みの形に引きつらせ振り返る。

「すみませ……じゃなく、申し訳ございません。このような夜分に陛下がお越しになるとは思い至らず」

うっかり素の言葉遣いがでそうになったのを呑み込んで、早口に言い切ると、アデラールはわずかに頬を朱に染めながら、エレインの顔から眼を逸らした。

（あら）

時刻はもう夜半どころか日付も過ぎており、家族ですら訪れないような時間。

正直、貴族としては非常識で、悪い噂を流されても文句は言えない。

がアデラールはこの国の王であり、唯一絶対の君主。

遅い訪問を咎められたとしても止める者はいない。相手が妻ならなおのこと。

それをわかりつつ軽い皮肉をぶつけたのだが、まさか反省して恥じ入られるなんて。

エレインは新鮮な気持ちを抱きつつ、姿勢を正して、アデラールと向き合う。

相手も寝る前で湯上がりなのか、いつもは首筋できっちりとまとめている黒髪を、緩く紐で束ねているだけであり、歩くうちに乱れた髪筋が一つ、二つとこめかみから頬の辺りに張り付いているのが艶っぽい。

不意打ちじみた色気に当てられ、そんなつもりもないのにエレインの頬が火照りだす。

「そ、それでどのような御用件でしょう」

じっとアデラールから見つめられ、ヴェールに隠され見えないとわかっているのに、エレインは恥ずかしさから頬に手を当てつつ問う。

すると彼はわずかな沈黙を挟んで口を開いた。

「一言、謝っておきたくて」

「へ？　え、いえ。あの、謝る……とは？」

ためらうように口を二度開閉させ、駄目押しに咳払いをした後にアデラールは告げる。

「結婚式からこちら、その、本当に酷い態度を取っていたと思って」

「それで謝りたいと？」

「少々急ぎの政務があり、こんな時間になってしまった。本当なら明日にすべきだが……どうにも眠れなくて。そちらも、まだ明かりがついていたようだし、と」

人質にすぎない自分に謝罪するために、わざわざ訪ねてきたのか。

予想外の理由に対し呆気にとられていると、怒っていると誤解したのかアデラールが深々と頭を下げてきた。

「ちょっ……。いや、頭を上げてください！」

「そうはいかない。本当に酷い態度をとっていた。すまない。……事前に、ちゃんと姫に会っておくべきだった。そうすれば噂に踊らされることはなかったのだ」

「……噂？」

わからず小首を傾げると、アデラールは今度こそ本当にエレインが呆れ、口を開けてしまうようなことを語りだした。

曰く、以前、王都を訪問した際、お忍びで街の視察に出たが、その時にエレインに〝散財の限りをつくし、夜な夜な取り巻きと踊り遊んでいる〟という悪評が立っていたこと。

王宮で姫の評判を尋ねれば、誰もが顔をしかめるか、どこか馬鹿にした顔で〝よい方ですよ〟と平気で嘘を口にしていたこと。

その両方から、ろくでもない姫を娶ることになったと思っていたことを。

（悪評は多分、異母妹のエレンのことだと……思う）

エレインとエレン、名前が似ていることもある上に両方とも金髪の姫かつ年子だ。

とはいえ、エレインが直毛で周囲の光を映すほど淡い色合いなのに対し、エレンは蜂蜜色の豪奢《ごうしゃ》な巻き毛なので、顔を知る者は間違えないが、王族どころか貴族ですら遠目に見るのがやっとな市井の民ならば、間違ってしまうのも無理はない。

実際、エレンは正妃から生まれた上に、唯一の王子である実弟は病弱なため女王になる可能性が高いから、幼い頃から周囲に持てはやされ、機嫌を取ろうと考える貴族らから菓子だ玩具《おもちゃ》だと際限なく贈られて来た。

年頃になってからはそれがドレスや宝飾品となり、女王の伴侶である王配として、思うままに国を統べたいと願う貴族青年やその親たちから、蝶《ちょう》よ花《はな》よと持てはやされ、気を引くための観劇や舞踏会は毎晩のことだった。

平穏かつまああの暮らしを送れているといえ、貴族より苦労が多い民が自分たちの納めた税金を無駄遣いし遊《あそ》び呆《ほう》ける王女を嫌うのは無理もない。

そのどこかで間違えた、あるいは正妃の意を受けただれかが故意に間違った呼び方をして、悪評をねじ曲げ伝えたのだろう。

エレインを嫌い、それ以上にエレインの母親を嫌っている正妃なら、その程度の嫌がらせはしかねない。

そして、噂を耳にしたアデラールが誤解するのも当然に思えた。

だからエレインは戸惑いつつも、立ち上がって、相手に頭を上げるよう再度願ってから続ける。

「そこまで深刻にならないでください。私は大丈夫です。その……私たちの結婚は、事情が事情でしたし」

「いや。政略とはいえ、きちんと顔を合わせ、互いの人となりを知っておけば、礼を失した態度は取らなかったし、姫を傷つけたりはしなかった。……今、なによりもそう思う」

放っておけば膝をついて謝罪しかねないアデラールに歩み寄り、手を伸ばす。

すると彼は、届かない星に手を伸ばす幼子じみた切なげな顔のまま、指先でヴェールの表面だけを撫で、真っ直ぐにこちらを見つめて来た。

こいねがわれているような仕草に胸が大きく跳ねた。

エレインは落ち着かない気持ちにさせられ、湧き起こる疑問をもてあます。

アデラールはどうしてこんな表情をするのだろう。これではまるで恋しているようではないか。

理解できないまま眼を瞬かせていると、ヴェールの表面を撫でていた指が額に触れ、やがてこめかみから頬へと伝い、最後に顎を摘まんで持ち上げられる。

男の指が皮膚を撫でる思わぬ熱さに眼を見張ると、彼は静かに問いかけた。

「ヴェールを取ってもいいか？」

わずかに掠れた声が醸しだす色っぽさにはっとする。

「え……」

花嫁が頭から被るヴェールは処女の証。それを取り払うということは、アデラールに抱かれることを、彼の子を産むことを承諾するも同義だった。

突如として、男に抱かれるという実感が湧いてきてエレインの小さな身体がおののく。

「ちゃんと姫の……いや、エレインの顔を見てみたい」

あらぬ想像に顔を真っ赤にしつつも、エレインはそれを阻むすべがないことを理解していた。

結婚した以上二人は夫婦で、エレインはアデラールの妻だ。

たとえ白い結婚が前提だったとしても、法的にも倫理的にも彼を拒むものはなにもなく、エレインもまた持ってはいない。

形式が事実になるだけだ。問題ではない。

（いずれ離婚するつもりなのに？）

自分は借金を身代金にした人質のようなもの。父王がアデラールに押しつけた花嫁にすぎない。

にも拘わらず関係を持ったら今後どうなるのだろう。

一抹の疑問と不安が頭をよぎるが、それ以上にアデラールの顔をちゃんと見たいと願う気持ちが強かった。

「はい……」

おずおずとうなずけば、アデラールがためらうようにヴェールの上に指を滑らせ、それから慎重に、時間をかけて銀の薄絹をたくし上げていく。

滑らかに肌を撫でつつヴェールが持ち上げられ、顔に直接外気が触れた。

ひやりとした感覚に目をつぶり、次に開いた時には思うより近くに迫るアデラールの美貌。

思わず息をつめれば、相手もエレインとまったく同じ表情でこちらを見ており、一拍おいてふわりと微笑む。

「こんな顔をしていたのだな」

「……がっかり、されましたか？」

王都どころか国内でも評判の美貌を持つエレンに比べ、自分が地味で幼い顔立ちなのはわかっている。

苦笑しつつ肩をすくめれば、アデラールは眉を上げて驚き、それから真剣な表情となって告げる。

「こんなにかわいい顔をしておきながら、どうしてそんなことを思うのか。俺をからかっているのか？」

「からかっているわけでは。……私より、異母妹のほうが美しいので、つまらないと」

「ブリトン王宮で言われてきたか」

そこだけ鼻の頭に皺を寄せ、アデラールが不愉快げに吐き捨てる。

　だがすぐに溜息を落として、エレインと真っ直ぐに視線を合わせ口を開く。

「確かに、真紅の薔薇を見て美しいと思わない者はいないだろう。だがそれがすべて好意に繋がるとは限らない。まして棘があるとわかっているならなおのこと」

　ふ、と皮肉めいた笑いを落とし、アデラールは頭を振り、それからエレインの頬を優しく撫でながら、諭すようにして告げる。

「エレイン、お前は穢《けが》れなき白百合《しらゆり》だ。凜々しく、その心根も高貴で優しく、姿だけでなくまとう香りまでもが芳《かぐわ》しく、この俺を魅了する」

　嘘ではないのは、その蒼い瞳に宿る熱っぽい艶や、蕩《とろ》けるように甘い微笑みから伝わってきた。

　だが、賛美されることになれていないエレインは、どう反応していいかわからない。喘《あえ》ぐように息を継ぎ、それからようやく言葉を口にする。

「褒めすぎ、です」

　唇を尖らせて拗ねたそぶりを見せるが、アデラールは焦るどころかますます笑みを強く輝かせ、ついには両手でエレインの顔を差し挟み、子猫のように撫《な》で回しだす。

「この程度の賞賛では足りないぐらいなんだが。……まいったな。どうしたら俺が君に惹《ひ》かれているのをわかってもらえるんだ」

　惹かれていると異性からまともに言われたのははじめてで、だからエレインは、それが〝好き〟か〝興味がある〟かを測りかねる。

心臓は壊れそうに早鐘を打っており、恥ずかしさでのぼせた頭では、気の利いた言葉一つ思い浮かばない。

私も、と応えられれば簡単なのにと心の中で拗ねつつ、現実は、ひたむきすぎるアデラールの視線を受け止めるだけで精いっぱいだ。

こんなことなら、薬草や医学の本だけじゃなく恋愛小説も読んでおくべきだったと、少し後悔していると、アデラールが舌で己の唇を湿らせてから問いかけてきた。

「……口づけをしてもいいか」

「えっ」

男女としての触れあいを求められ、エレインは戸惑ってしまう。

妻として拒む理由はなに一つない。女としてアデラールほどの男に口づけを乞われて拒めるはずもない。

だがたった一つの懸念により、エレインは沈黙してしまう。

（いずれ離婚するつもりなのに……）

結婚は契約書も同然だ。

だから、いつでも離婚できるように手を出さず、借金を返し終えたらお役御免として国へ返されるものとばかり思っていた。

（だけど、応えていいのかしら。初夜すらもしなかったのに）

そうだ。初夜すらなかった。

結婚した夜、船の上で夫となったアデラールを待っていたことを思い出す。

（あの時、なにもしなかったのに、どうして今？）

もちろん、あの時と今では状況も、アデラールとの心の距離も違う。

それはわかっている。だが――。

アデラールは、借金が返されたら自分の手元から離すはずの姫をどうしたいのだろう。

わからず、頭を悩ませていると、アデラールが少し困ったような様子ではにかんだ。

（……先を考えるなんて、馬鹿らしいのかもしれない）

思えば母も独り身を通し、父と正式に結婚していた訳ではなかった。

一度だけ、ノーサンブリア辺境伯がそんなことはないと否定したことがあったが、それはエレインが母のことでいじめられた時だけで、それ以後、いじめっ子らにつけいられないようエレインが意識して気にしないようにしていたため、詳しく聞くことはなかったが。

いずれにせよ正しい夫婦でなかったのは間違いない。

いや。

正しい夫婦とはなんだろう。

父王と正妃は夫婦として周囲に認められてはいたが、その仲は睦《むつ》まじいと言いがたいものだった。

政略結婚だったからなのか、あるいは父が王太子時代にエレインを産ませ、しかも認知したことが気に食わないからか、正妃の対応はどこまでも儀礼的で、父王は父王で完全に正妃に対して無関心であった。

異母妹のエレンに関しては、互いに甘いようだったが、それは親しみというより面倒だから好きにさせているという気配も見えた。

だとしたら、今、アデラールの誘いを拒むことになんの意味があるのだろう。

エレインは自分の気持ちに問いかける。私はどうしたいのかと。

(知りたい。もっと触れて、感じて……この人を知ってみたい)

母が亡くなって、王都へ呼び出され、二年間、まともに人と心を交わす機会を取り上げられていたエレインは、親愛の情に飢えていた。

侍女らからも蔑《さげす》まれ、かといって、王女として王宮に住まう以上、辺境伯領に居た時のように市民と触れあうことが許される訳がなく、ただただ、一人、陽の差さない離宮の部屋と温室を往復する日々。

たまに図書館へ足を運ぶこともあったが、学びの場でおしゃべりをするほど礼儀知らずではない。

まともな会話もなく、触れあいはもっとないまま嫁いできたというのに、仮初めの夫であるアデラールだけが、エレインに手を差し伸べてくるとは。

今、この差し伸べられた手を取らなければ、一生後悔する気がした。

いずれ別れる身であったとしても、一度でいいから誰かに愛されたいとエレインの心が悲鳴を上げる。

それに反し、身体は思うままに動かず、ためらうように唇がわななくばかりで、声を出せないまま、エレインは小さくこくりとうなずいて、自分から唇を捧《ささ》げようと震えながら顔を上げた。

頬が染まり、耳が熱くなる。

どころか全身が火照っていて、白い肌が朱に染まっているだろうことを自覚させられる。

彼の瞳に自分が映っていることがたまらなく恥ずかしく、エレインがぎゅっとまぶたを閉じると、それを待ちかねていたようにアデラールの唇がエレインのそれへ触れる。

絹でかすめられたような細やかな口づけは、けれど二度、三度と回数を重ねるごとに時間の長さと密着の度合いを深めていく。

小さな濡れ音がして唇をついばまれ、エレインは思わず身を捩《よじ》る。

「んっ……ッ」

「たまらないな。どうしていいかわからないほど愛らしい」

エレインに聞かせるというより、我知らず呟いたという風なアデラールの声に、エレインはどうしようもない歓喜を覚える。

一人の男が、自分を一人の女として見つめ、口づけ、こいねがっている。そのことが、たまらなく嬉しい。

感情よりもっと原始的な本能が脳を蕩かしぼうっとさせる。

その間にも接吻は続き、終わりのない遊戯さながらに繰り返される。

ぬるりとして熱いものが唇の表面を撫で、エレインは思う。

――恋人の口づけだ。

婚約者であったユアンともしたことのない行為を、知り合ってすぐに結婚した相手と行っている不思議に囚《とら》われていると、他の男のことなど考えるなと言いたげな仕草で、大きな手がエレインの後頭部を掴《つか》んで引き寄せる。

「ん、あッ……ふっ……ぅむ」

驚きに割れた唇から男の舌が入り込み、目を見開くも、相手はまるで止める気を見せないまま、初めて押し入った女の口腔《こうこう》を味わっていた。

どこか試すように舌を絡め、奥歯から前歯のほうへと舌や歯茎をなぞられるうちに甘い声が鼻から抜ける。

初めて知る深い口づけに、恋人同士の接吻だと思っていると、余計なことを考えるなと言いたげな強さで唇を吸われ、ぞくっと背筋が痺《しび》れてしまう。

思わず身震いすると、大丈夫だと教えるように頬にあったアデラールの手が肩から背へと滑り、ゆったりとした動きで撫で癒やす。

優しい手の動きとは裏腹に、舌はどんどんと奥へと侵入を果たしており、混じり合った唾液が淫猥《いんわい》な濡れ音を立てる。

はしたないと思うのに、どうしてか心地よい。

体温より生々しく、素肌より密接なつながりがもっと欲しくて唇を開けば、顔の角度を変えながら、より情熱的に貪られ頭がどうにかなりそうだ。

「ふ、ぅ……んぁ、あ！」

鼻から甘声が抜けた途端強く抱き寄せられ、驚いたエレインが顔を引くと、それまでのつながりが嘘のように舌がほどけて、男の唇が離れていく。

理由もわからない切なさと寂しさにかられて相手を見つめれば、困った風な、それでいてぞくぞくするほど官能的な熱を孕んだ眼差しを向けられ、鼓動が跳ねる。

「あ……」

緩みはしたが、離れないアデラールの腕を背に感じながらエレインはあえぐ。

このままではいけないと叫ぶ理性と、このままどうにかなってしまいたい衝動の狭間《はざま》で心が揺らいでいるのがわかる。

（どうすれば、いいのか）

閨《ねや》でなにをするかはわかっているが、それを実践するとなると自分で大丈夫かと不安も走る。

たまらずエレインは口を開いていた。

「あっ、あのっ！」

「どうした？」

互いの唾液で濡れひかる唇をぺろりと舐《な》めてアデラールが問う姿にどぎまぎしつつ、エレインは思いつく片端から心情を述べだす。

「わ、私。そのこういうことは初めてで。接吻もアデラール陛下との結婚式が初めてで、それで、あの、とてもではありませんが、楽しませることができそうになくて」

口に出さずともアデラールは文句なしの美丈夫で、しかも王であり、民を思う懐深さも誠実さもある。二十六歳という年齢を考えればその手の経験があってしかるべきだ。

花嫁にと望む女性は多く、どんな美女だってよりどりみどりだっただろう。

エレインは薬師として性の知識こそあるが、それだけで上手《うま》くできるかは別である。

赤子を取り上げる手順やつわりを和らげる薬草はわかっていても、夫婦が行う夜の行為で、どうすれば相手を楽しませることができるのかなんて、まるでわからない。

異性に対する興味もなく、恋愛に関することを意図的に避けていたせいで、年齢に対して経験が幼稚な気がする。

（初めては面倒だとか、嫌だとかいう男性もいると聞くし。……今夜やらかしたら、やっぱり

いらないと言われる……かも）

離婚して、自由になれることを望んでいたはずなのに、どうしてか心の奥がちくりと痛む。

すると中途半端なところで手を止めていたアデラールが、ふ、と小さく笑みをこぼし、まぶたを閉じたエレインの顔へ指を触れさす。

湯上がりの肌と肌が触れるしっとりとした感触を覚えた次の瞬間、男の指先の思わぬ熱と硬さに身体が小さく跳ねる。

「……あ」

驚き眼を見開けば、視界いっぱいにアデラールの高熱を思わせる透き通った蒼の瞳が広がる。

身体の中を巡る血流が急激に早まり、心臓の鼓動がうるさいほど耳の奥で鳴り響く。

アデラールの瞳を飾る鮮やかな蒼銀の虹彩《こうさい》は、一時も置かず色を変え、視線はひたむきにエレインだけを見つめ射貫く。

突然、理性や感情ではなく本能で、この男が自分を求めていると理解した。

同時に身の火照りと自信のなさでこぼれそうだった涙が静まり、ぼうっとした視線を艶めかす。

「陛下？」

「そんなことを気にしていたのか、エレインは」

叱るというより興味深げな声で言いつつアデラールは立ち上がり、止める間もなくエレインを抱き上げた。

「っ、きゃ」

突然高くなった視点に驚き、ついアデラールの頭にすがると、彼はとても楽しげに声を響かせ笑い出す。

「なら大丈夫だ。俺も女を抱くのは初めてだ」

あまりにも堂々と言われ、エレインは空耳かと疑いかける。

その様子がおかしかったのだろう。アデラールはわずかに肌を朱に染めつつも、気持ちのいい笑顔を見せた。

「驚くことか。……つい先年まで女なぞ見かけることも少ない戦場暮らしだったのだぞ。それに、妻となる者に貞淑を求めるのであれば、自分もまた貞節を守って迎えたい性質でな」

天井を見たアデラールは、大きく息を吐いて眼にかかる黒髪をいたずらに散らす。

「お互い初めて同士だ。気にすることはない。これから二人のやり方に馴染《なじ》めばいいだけだ」

「二人の、やりかた？」

閨の作法に独自性があるとも思えず、どこか上の空でアデラールの言葉を繰り返すと、彼は悪戯《いたずら》を思いついた少年の顔でニヤリと口の端を持ち上げる。

「なんなら、おしべとめしべの話から始めるか？」

性教育の初まりとしてお決まりの言葉を告げられ、それが冗談とわかった瞬間、エレインの身体を固くさせていた緊張が少しだけ緩む。

「おしべとめしべなんて……。それぐらいは、ならっています」

「そうか？　じゃあ、どこからはじめようか」

自分の意を通すのではなく、あくまでエレインができることから試そう、寄り添おうとする姿に心がじわりと和む。

「……結婚式と今で、接吻まではしました」

二度の接吻を思い出し、知らず指先を唇にあてれば、いつもよりふっくらと熟れていることに気付く。

「あっ……」

湯を使った後で、薔薇の花びらを浸した蜂蜜を丹念に塗り込んだためか、エレインの下唇は指先に吸い付くほど柔らかく、わずかに湿っていた。

同時に、乳房が重く、腹の奥がなんだか熱っぽく疼《うず》いている感じもする。

己の身体が女として変化している様子に新鮮な驚きを抱きながら、エレインは思う。

アデラールが求めているように、自分の身体もまた受け入れようとしているのだろうか。

理性では、しないほうがいいとわかっていた。

いずれエレインはここを去る。彼の元から姿を消すことになるだろう。

その時、彼に情を抱いていたら、きっと独り身のままとなる。――そう、父に結婚してもらえなかった母のように。

一人を思い続け、裏切りに怒ることなくただ生きるとはどんな人生だろうか。

それにもし、子どもができたら？

産んだ途端に取り上げられるか、あるいはエレインのように庶子として扱われるか。

どちらにしても辛いことになる。

走りだそうとする衝動をがんじがらめにしてみるけれど、それが無駄なことは他ならぬエレインがよくわかっていた。

どんなに取り繕ったとしても、本心は正直だ。

（私も、彼を求めている……から）

わずかに震える己の指先に、花弁と同じ滑らかさときめ細かさを讃《たた》えた唇が触れ、その触感に陶然としつつ、エレインはわななく声をそのままに告げる。

「やはり、口づけから、はじめられればと」

告げた瞬間、しなやかな筋肉を巧みに操り、アデラールが浮かれた様子でぐるりと回る。

めまぐるしく変化する景色に目を白黒させているうちに、軍人として鍛えたアデラールの足は律動的な動きで部屋をよぎっており、なんのためらいもなく寝室へと身を移す。

それから、とても慎重な手つきでエレインを寝台へと降ろし、自分もその上にのしかかる。

二人分の重さで沈み揺れる寝台に驚きに口を開いてなにか言おうとしたが、それより早くアデラールの顔が近づいて、再び唇が奪われる。

「ん……ふっ」

甘え媚《こ》びた呻《うめ》きが鼻孔から抜け、ぎこちない息継ぎの吐息が触れあう唇の合間から漏れる。

唇が触れて、離れて角度を変えてまた触れる。

押し当てるようにされたかと思えば、ついばむように下唇を軽く食《は》まれてまた離れる。

そうして回を増すごとに、エレインの中にある心臓が小鳥のように震えて跳ねる。

肩にわだかまっていた己の金髪がわずかな刺激に会わせて首筋をすべり、そのくすぐったさに肩をすくめると、反応を試すように何度も口づけていたアデラールがふと顔を離す。

「思っていた以上に愛らしいな」

まじまじとこちらの顔を見ながら満面の笑顔でつぶやくアデラールのほうこそ、無垢《むく》な少年のようで愛らしく思えて、エレインはまるで花が綻ぶように微笑をこぼす。

「綺麗だ。……綺麗すぎて恐ろしいぐらいだ。本当にこの初花《はつはな》を俺が手折っていいのかと」

大げさな賛辞が恥ずかしくて顔を逸らそうとするも、瞬く間に男の手が両頬を包み捉え、視線を合わせうっとりと見つめてくる。

欲しいものに手が届きそうな歓《よろこ》びと、それを手にしていいのかとためらう眼差しに、冗談をと交わし逃げなければならないはずなのに、エレインはまったく違う台詞を口にしていた。

「夫である貴方が手折られなければ、私は、咲くこともなく枯れるでしょう」

早鐘を打つような鼓動で揺らぐ声で呟けば、アデラールはますます眼の端を緩ませエレインに笑みかける。

「嬉しいことを言ってくれる。……本当に、いいのだな」

恐らく最後だろう心を問う言葉に、黙ったまま一つうなずく。

いずれ、母のように独り身として生きなければならないかもしれない。

けれど、これほどに求められて拒むことができず、自分もまた同じ強さで求めている。

「陛下の思うままに……」

否《いや》でも応《おう》でもないずるいやりかたに少しだけ心が痛むが、アデラールは気にした風でもなく人差し指でエレインの額をつついた。

「陛下ではない。アデラールだ。……他の場はともかく、ここには俺たちしかいないのだ。であるなら、形式張った礼儀より、互いの気持ちを、夫婦としての夜を大切にしたい」

今だけは〝王女〟でも〝王妃〟でもなく、ただのエレインでいていいと教える声に、心が震える。

陛下、とわななきながらとどめようとした唇は、けれど熟れた吐息だけを一つこぼし、代わりに、おずおずとした乙女の声が自分を抱く男の名を呼ぶ。

「アデ、ラール様？」

「様さえもいらない。……と、言いたいところだが、今のエレインにとっては抵抗が強かろう」

会ったばかりで過ごした時間は一月《ひとつき》にも満たない。

そんな相手を呼び捨てにするのは、礼儀をうるさく言われ続けたエレインには難しいと気遣う言葉に、心を留めていた理性の糸が、ふつりと切れる。

衝動的に腕を伸ばし、自分の腰を支え見つめる男の肩へと投げかける。

「アデラール様、アデラール、様」

言葉を覚えたばかりの幼子のつたなさで名を繰り返せば、たまらないなと困りがちな独り言を落とし、アデラールは身を乗り出すようにしてエレインの身体を寝台へと押し倒す。

世界が反転し、眼の前にあった光景が天蓋を彩る画へと変わる。

どこまでも高く遠い空と、白い翼を持つ天の観使い。

四端から中央へと咲き誇る花はロアンヌ王家の象徴である白い百合。

銀糸に金糸、真珠にダイヤモンドと空の輝きを彩る輝石は夢のように美しく、そこが王と王妃のための寝台であり、楽園であることを示す。

羽毛の敷布に身体が沈む柔らかい浮遊感に驚き、眼をみはるエレインにのしかかるようにしてアデラールが視界を遮り、接吻を与える。

今度はもう、唇だけではなかった。

頬からまぶた、額へとなぞるように男の唇が肌を滑り、音をたてて額の中央に押しつけられたかと思うと、わずかに開き熱い吐息を吹きかけながら眉間、鼻筋と焦らすようにゆっくり降りて、再び唇に重なる。

「んんっ……ん、ふ」

くすぐったさに身を捩り、まるで大きな犬にじゃれつかれているみたいだと笑みつつ眼を薄く開けたエレインは、瞳いっぱいに映るアデラールに赤面してしまう。

眉目秀麗な異性が、欲望を秘めた眼差しで口づける姿は艶めかしく、見ているだけで羞恥にのぼせそうだ。

色気に当てられた身体が熱を持つと同時に、腹の奥がずくんと疼いた。

そうなるともう駄目で、途端に相手が男であることを、これから彼の手により〝女〟にされるのだということを意識してしまい、どうにも身の置き所がわからない。

身を捩り唇から逃れようとした途端、こら、とからかう声でアデラールが囁き、それを咎めるように不意打ちに耳朶《じだ》を噛《か》まれ、エレインの身体が小さく跳ねる。

「んひゃっ……あっ、あぁ……あんっ」

驚きに口をひらき喘げば、たまらないといった勢いでアデラールの舌が口腔への侵入を果たす。

「……あ、んんぅ！」

唇のあわいを縫って内側へ入り込んだ男の舌先は、最初こそぎこちなく、入り口近くを探るような動きで軽く押したり、唇の裏側をねぶったりしていたが、エレインが拒まないと知ると大胆さを増し、徐々に侵入を深くしだす。

ざらりとした舌の表で頬の裏側を舐めくすぐったかと思えば、舌は奥から手前へとの歯列の根元を丹念に舐め上げ、今度は反対側の頬裏を舐める。

かと思えば苦しいほど奥まで含まされ、舌の付け根を執拗《しつよう》にねぶられる。

くすぐる動きで歯茎をなぞられ、エレインの背にさざなみじみたしびれが走った。

途端、じっとしていられない衝動に襲われ顔を背けようとすると、優しい、けれど拒絶を許さない動きで後頭部が手で支えられ、滑らかなその手触りを堪能するように男の指先が乱れだした髪をかき分け、頭皮をくすぐる。

「ふ……ぅ、んんっ、ん」

時間が経つごとに口の中で唾液が溜《た》まり、くちゅくちゅという淫らな音が大きくなる。

堪《こら》えようもない羞恥でのぼせ、ぼうっとした頭でエレインは思う。

こんなの、おかしい。

口の中を舐められるなんて普通なら気持ち悪いはずなのに、ちっとも嫌悪感がわかない。

どころかつるりとした歯茎を飴玉《あめだま》みたいに舐められるごとに、自分自身すら知らない奥のほうがずんと重くなり、喜悦に震えわななきだす。

初めて知る官能に翻弄され、その驚きに溺れながらも唾液は止まらず溢れ、男のそれと混じるごとにとろりとした滑らかさと甘さを増していく。

まるで媚薬《びやく》のようだわと頭の奥のほうでつぶやきつつ、エレインは蕩けだした眼差しを虚空へと投げかける。

熱く潤んだ視線が自分以外のものを見るのさえ許せないのか、節くれ立った長い指に顎を囚われ正面を向かされたかと思うと、先ほどより大きく顔を傾けたアデラールが開いた女の唇に勢いよくむしゃぶりついた。

そこからはもう緩やかさなどない。飢えた獣がようやく甘く柔らかな肉にありついたとでも言わんばかりの激しさで、熱く滑る舌が縦横無尽に口腔を犯す。

舌が舌に絡みつき、嫌らしい動きですりあわされたかと思えば、もっととねだるように奥へ奥へと差し込まれる。

唇はそれ自体が一個の器官のように隙間なく密着しており、逃げ道を失った喘ぎが甘い鼻声として漏れるごとに、アデラールの瞳に淫らな欲望が揺らめき瞬く。

すべてを焼き尽くす高熱の炎と同じ蒼い色を持つ瞳に灯《とも》る劣情は、恐ろしいほど色香に満ちていた。

絶え間なく甘えた鼻声を漏らし、男の征服欲を知らず掻《か》き立《た》てながら口づけに溺れていたエレインだが、それも長い時間ではなかった。

後頭部を押さえていたアデラールの右手が首筋を撫で、背筋に連なる骨の数を数えるようにして指先が下へと降りていき、腰のあたりまで来た途端、素早く翻って胸元まで戻る。

「あっ……」

緩み、ほどけていた寝間着の襟元に男の手の甲が当てられたことに気付き、エレインは思わずうろたえた声を上げる。

白布を三枚重ね縫い上げられた寝間着は、ボタンではなく三つのリボンだけで身体に留められており、それを解くごとに肌があらわになる。

アデラールの手は鎖骨の間に置かれており、一つ目のリボンの片端を人差し指と中指で挟んで弄んでいた。

ふと視線を下へ向ければ、夜の寝室の中、寝間着に包まれた己の姿態がぼんやりと闇に浮き立っていた。

口づけで興奮し汗の滲《にじ》んだ肌に薄衣が張り付いて、考えていたよりはっきりと身体の稜線《りょうせん》がわかる。

ここ数年、平民とさして変わらぬ粗食で過ごしていたためか乳房はまるで熟す前の青い果実のように硬くなだらかでたわわとは言いがたく、腹も薄く女らしい丸みに欠けている。

腰こそほっそりしていたが、そこから伸びる脚は柔らかさより筋肉のしなやかさが勝り、乙女というより子鹿のものじみていた。

我知らず両手の指をみぞおちの上で組み合わせ、身を固くしつつ思う。

全体的にまろみに欠けた肉体だ。色気があるとは言いがたい。

それでもやはり、異性の眼に裸身を晒すとなるとはずかしい。

（アデラール様の目には、私はどう映っているのだろう）

その考えが頭をよぎった途端、たまらないほど心が揺らぎ騒ぐ。

がっかりされないだろうか、こんな妻は嫌だと思われないだろうか。

つい先日まで白い結婚だと思い込み、それが自分の未来のために好都合だと考えていたのに、今ではもう、すっかり〝抱かれる〟ことばかりに気が行ってしまう。

これが、女になるということか。

諦念と好奇心、興奮と冷静さがない交ぜになった奇妙な衝動が、エレインの身体をもじつかせる。

それがどれほど経っただろうか。いつまでもリボンの端を弄《いじ》り、解く気配を一向に見せないアデラールに焦れて、エレインはか細い声を上げる。

「……なら」

「うん？」

「解くなら、早く解いてください」

上がりつつある息の合間を継いで訴えた途端、エレインはどうしようもない羞恥に襲われ身を震わす。

「お願い。いつまでも辱めないで。……ずっとこのままだと、私、……いやらしいことを考えてしまいそう」

押し寄せる感情の波に理性が削れ、姫らしさの欠けた素の声で訴えた途端、アデラールがひどく嬉しそうに目元を緩ませ、それから悪戯の相談をするみたいに己の額をエレインの額にあてて囁く。

「それのなにがいけないんだ？　これから、いやらしいことをするというのに」

くくっと喉を鳴らす。そのたびに男らしく浮き出た喉仏が震えるのが官能的すぎて、エレインは赤面しつつ眼を逸らす。

「意地悪、なんですね」

知らなかった。と続け、拗ねながら顔を横向け熱い額から熱が伝わるのを拒むと、ふ、と鋭い吐息が喉首をくすぐり、エレインは思わず小さく声を上げ身をすくめる。

「……本当に、かわいい。愛らしい仕草で煽ってくれる」

エレインに言うというより、己に聞かせるように独りごちた調子で呟き、アデラールは己の身体を支えていた左腕の肘を曲げる。

と同時に、今まで引いては緩め遊ぶだけだった寝間着のリボンを、胸元の布ごと一気に解き放つ。

夜の冷気がさっと肌を撫で、息を詰めたかと思うや否や、素肌にしっとりと湿った男の肌が触れ重なる。

身動きするうちにほどけたのか、あるいは接吻に耽溺《たんでき》する間に脱いでいたのか、アデラールが着ていたシャツの胸元はとうにはだけられており、エレインと同じく汗ばんだ皮膚は湿り、熱を持っていた。

他人の肌が肌に触れる違和感は、けれど長く続くことなく、まるで最初からそうなることが決められていたように容易くエレインの肌になじみ密着する。

己のものよりも一段と高い体温が直《じか》に伝わり、胸元の柔肉を通して血肉に滲む。

まるで湯に浸《つ》かった時のような心地よさにほうっと息を漏らせば、相手もうっとりと眼を細め、初めて知るだろう女の感触を堪能していた。

相手を知ろうとする感覚は一秒ごとに鋭敏となり、いまや熱だけでなく、女のものより硬く大きな肉体の真ん中でうごめく心臓の、どくん、どくんと波打つ様子までわかる。

男の鼓動が、絶え間なく起こる漣となって柔くもろい女の身体を揺らし、奥底に眠る官能を芽吹かせだす。

まだなにも知らない無垢な身体であるはずなのに、エレインの意思とは無関係に肌がさざめきたち、乳房がゆっくりと重みをます。

たとえようもない奇妙な、だが不快ではない身体の変化に陶然としていたエレインは、けれど、ある一点が男の胸板に擦られた瞬間、目を見張る。

胸の中心がひどく疼く。

それまであることすら意識してなかった乳房の先端が、いつの間にか頭をもたげ、吐息ごとにわずかに揺らぐ男の肌に触れてはますます膨らむ。

「……っ、ぁ」

思わず喉を反らし喘げば、その反応こそ欲しかったのだと言いたげに、アデラールが緩慢な仕草で手を伸ばしやんわりと乳房を包む。

「こんなことでも感じるのか……」

ぽつりと呟かれ、いやらしいと思われてしまったかと羞恥に震えるが、次の瞬間それすらも忘れてアデラールの顔を見入ってしまう。

純粋に歓びに満ちた顔をしていた。

初めて見つけた自分だけの薔薇が咲きほころぶのを待ち望むように、好奇心と期待に眼が輝き、口元が優しく緩み笑んでいる。

手の平で包み込むようにしたり、指で鷲《わし》づかみにして弾力を楽しみつつ、アデラールが乳房の形を変化させるたびに、エレインはこれ以上ないほど顔を真っ赤にしながら息を継ぐ。

おかしい。変だ。身体を洗う時や着替えの時に自分や侍女に触れられても、こんな風になったことはないのに。

あるいはなにかの病気なのではと思えてしまうほど動悸《どうき》がはやり、息が上がってなんだか少し苦しい。

　エレインの呼吸が乱れ苦しげなのに気付いたのか、それまで夢中でエレインの胸の膨らみを弄んでいたアデラールがふと動きを止めて感想を漏らす。

「男とはまるで違うな。柔らかくて、こうやって揉《も》むほどに手に馴染《なじ》み吸い付いてくる」

「そんなことは……」

　酸素がたりずぼうっとする頭で反論しようとすると、軽く唇を触れさせることで言葉を奪い、アデラールは自信たっぷりに肯定した。

「あるさ。ほら」

　鍛え上げられた胸筋で乳房を軽く潰しながら身体を上下に揺すられる。するとえも言えぬ心地よさが触れる肌から広がっていく。

「んっ、う」

　知らない感覚に喉を詰めると、ますます思考が散漫となりエレインは自分がなにを言おうとしていたのか思い出せない。

「そこ、変」

　いつの間にか硬く変化した乳嘴に戸惑いつつ甘え声で訴えると、アデラールがくっと口角を上げて少しだけ意地悪に笑う。

「変……か。だが、嫌ではないのだろう」

言うなり膨れ勃ちあがっていた先端を指でつままれ、エレインは大きく背を逸らす。

「あっ、あ、ああ……ぅ、っあ」

うろたえた声が唇を割って寝室へ散る。

今までのものとは比べものにならない疼痛《とうつう》が胸から身体の奥を貫く。

同時に、甘苦しく重いものが、心臓から血脈を伝い腹の奥へとわだかまる。

「あぁ……は、んぅ……ん」

声は自分のものとは思えないほど甲高く甘く、時折混じる吐息がひどく艶めかしい。

はしたない。こんなのは駄目だ。閨ごとの授業でも習った事がない。

無作法だと理性ではわかるのに、声を留めることができなくて、エレインはたまらず手で口を塞ごうとする。

「駄目だ。隠すな。声も、顔も。……全部、見せろ」

彼も行為に没頭しだしているのだろう。常より荒々しく昂《たか》ぶった様子で命じつつ、エレインの両手をひとまとめににし、頭の上へと縫い止めてしまう。

「見せてくれ。なにもかも。……俺が求める唯一の女となる姿を」

切なげにこいねがう男の様子に、胸がきゅんと甘く疼く。

と同時に得体のしれない熱が腹の奥へと集い、甘苦しい刺激が徐々に増していく。

〝女〟となる姿を見られるということは、逆をいえばアデラールが〝男〟となる瞬間を眼にするのだ。

理解した途端、たとえようのない感動がわあっと心をざわめかす。

──私の男。私の唯一の男。初めての人。初めてをくれる人。

いつもは顔を見せることもない、幼く純粋なもう一人のエレインが嬉しげに歌い上げるのを頭のどこかで聞きつつ、与えられる感覚へと両手を広げているのがわかる。

常に戦場とともにあったとの言葉どおり、アデラールの胸板は厚く、よく鞣《なめ》した革さながらに滑らかで、うっとりとするような感触でエレインのみぞおちから乳房を擦り上げる。

右手はもう乳房だけではなくその下にある薄い腹や、なだらかな曲線を描く腰を優しくなでていて、それがなんだか恥ずかしい。

丹念に丹念に愛撫《あいぶ》される。

飽きることも止《や》むこともなく。まるで、これがお前を抱く男だと教え込むように。

それが男にとってどれほどの我慢と喜びを引き起こすのかなど知らぬまま、エレインは肌に走る熱と疼きにただただ翻弄され、息を弾ませる。

「はあっ、あ、あ……は、んんっ、ぅ」

声の変化で悦《よ》い場所を探っているのか、胸の頂で実る果実を押し潰すようにしてはさっと身を引き、かとおもえば甘えた猫の仕草で首筋に顔を埋め、鎖骨を覆う薄い皮膚を唇で吸う。

肌に赤い花弁が散るごとに、たまらない切なさが小さな痛みとなって神経を疼かせ、エレインはつたなく身体をくねらす。

身体を重ね擦り合わせられるうちに二つ目のリボンもほどけたのか、エレインの身を覆う寝間着はへその上にある最後のリボンだけでかろうじて身体に巻き付いているような状態で、重ねられていた薄衣が皺より乱れる様は、まるで満開の白薔薇をそこらにまき散らしたようにも見える。

明かり一つない寝室は暗く、部屋の隅には濃い闇がわだかまってはいたが、互いの顔や身体の輪郭は大きな窓から差し込む白い月明かりで見て取れた。

闇と同じ黒いアデラールの髪や、浮きだしはじめた汗に月光がしぶき、その光がエレインの寝間着が作る純白の花園に降りかかる。

ぼんやりと浮かぶ肌の白さや寝台の上で豊かにたなびく麦穂色のエレインの髪、時折、外の風に揺れる梢《こずえ》がたてる音が、荒くなりだした互いの呼吸音に重なり幻想的な空気を醸しだす。

喉元から鎖骨、胸の際と留まることなく、だが丁寧に肌を辿っていた男の唇はゆっくりと乳房の稜線を滑り、女の鼓動にあわせ膨らみの頂点で揺れる薔薇色の尖りの手前で動きを止めた。

男の唇が乳首に触れるか触れないかのところに留まり細かに震えている。

それがまるで神聖な誓いを呟いているかのように見えて、エレインは思わずじっと凝視してしまう。

小さな尖りに途切れがちな吐息がかかるたび、いいしれない心地よさが肌に広がって陶然とした感覚が脳の芯を痺れさせる。

——唇が、震えている。

形良く引き締まったアデラールの唇がわなないているのに気付き、知らず唾を呑んでいた。

初めてだから緊張しているのだろうか。彼も。

そう思うと少しだけエレインの不安がほどけ、湯に入れた砂糖みたいにほろほろと崩れだすのがわかる。

いつまでそうしていただろうか。

時を経て位置を変えた月の光が、アデラールの秀麗な顔を白く輝かせた時だ。

とてつもなく大切で貴重なものであるという風に、彼の唇がエレインの小さな尖りに触れる。

「あっ……」

思わぬ熱に声を上げ、喉を反らす。

それが合図であったように彼は触れていただけの唇を薄く開いて、穢れを知らぬ乙女の蕾《つぼみ》を口に食む。

馴染みのないぬるりとした感覚に驚いたのも束の間、蠢《うごめ》く舌で柔らかく包み込まれるや否や四肢にやるせない震えが走り抜ける。

声をあげたかどうかすらわからないまま、エレインは男の舌が与える刺激にあわせ、エレインは脇に垂らしていた手でシーツを握りしめ、背を弓なりとし、初めての愉悦に身を震わす。

なんだろう、これは。

驚きに眼をみはり唇を開いて大きくあえぐ。すると沿った背により持ち上げられた乳房が愛撫に反応し、本能的な媚態《びたい》を示すようふるふると揺れ、男の瞳はますます劣情の色を濃くしていく。

女体の反応に気をよくしたのか、アデラールは舌のざらりとした表面で花蕾の周囲を舐めたり、硬くした舌先で頂点にあるくぼみをつついたりと一時も同じ手管を用いず翻弄しだす。

絶えきれなくなった身体が小さく跳ね、男の歯列に当たり一段と高い嬌声《きょうせい》を放ったのを切っ掛けに、触れられずにいた右の乳房に指が絡んで、ぐうっと先端を絞り出す。

薄暗い室内の中、夫となった者の指で形を変えた乳房は淫猥で、処女のエレインには刺激が強すぎて、思わずきつく眼を閉ざす。

すると、駄目だと命じるように指で先を摘まれて、びりりとした疼痛とともに閉ざしたはずのまぶたがひらく。

身体の反応がせわしない。こんな風に勝手に動く自分を知らない。

だが不思議と怖くない。どころかもっと触れて欲しいという情動が壊れそうなほど心臓を収縮させる。

「あっ、あっ……あ、ああっ、ん。……ぅ、やぁっ」

逃しきれない快感に対する怯えで拒絶を漏らせば、絶え間なく動いていた男の指と舌がぴたりと止まる。

「嫌、か……」

いつの間に呼吸が上がったのか、少しだけ荒れた声で尋ねられ、エレインは一瞬躊躇《ちゅうちょ》したのちつたなく首を横に振る。

「嫌いでも、嫌でも、ないです。ただ……なんだか、自分の身体がおかしくなっているのが、ちょっぴり怖いだけ、で」

礼儀を整えることもできず素のままに言葉を紡げば、アデラールはそれでいいという風に満足げな笑みを見せつけた。

「今日はここまでにしておくか？　……俺はお前を、エレインを怖がらせたいわけじゃない。もちろん、痛いことや嫌なことをして嫌われたくもない」

普通の男なら己を恥じて言うはずもないだろう本音を、なんでもないことのように素直に口にしアデラールが真剣な顔で眉根を寄せる。

どうしようかと考え、逃げたがる臆病な心が膝を持ち上げさせたその時、うっと苦しげな呻きが聞こえ、同時に膝頭に熱く硬いものが触れた。

――アデラールの雄だ。

男性の肉体の中でもっとも猛《たけ》り荒ぶる場所だと、考えるより早く察した。

と同時に、彼が自分の痴態に反応し灼熱《しゃくねつ》を得た鉄のように、そこを反応させていることに不思議な満足感が湧く。

なにかに耐えるような表情を見せながらも、けれど身を引くことはしたくないのか、エレインの膝頭に己の股間をそっとあてがったまま、アデラールが大きく吐息を落とし、エレインは彼もまた自分の知らぬ感覚に戸惑い、身体を持て余していることを悟る。

同じだ。同じなのだ。私と。

女を抱くのは初めてだと、王らしくなんのてらいもなく告白したアデラールを思い出し、エレインは知らずふわりと笑んでいた。

やるせない疼きも、知らず高まる鼓動も体温も、自分だけの反応ではないと知った途端、強ばっていた手足から力が抜けていき、同時にもっと触れて、知らないことを二人でつきつめたいという欲が頭をもたげる。

愛撫を失った乳首は先をねだるように硬く勃ち震え、喘ぐ息の通る喉が興奮と期待に渇きだす。

王女だとか政略結婚だとか、なにもかもがどうでもよいことのように思われた。

変わって、ただのエレインとして、つがいとなる一人の雌として眼の前の強い雄のものになりたいのだと欲求が大きく膨らむ。

「嫌ったり、しません。……だから、やめないで」

「もう、途中で嫌といってもやめられないぞ」

酔いそうなほどの色香をふりまきつつ、アデラールが試しからかうように問いかけてくるのに、エレインは耳どころかうなじや肩まで真っ赤にさせてうなずく。

「嫌といっても、やめないで、ください」

気怠《けだる》い腕をもちあげ男の頬にそっと触れる。わずかにびくついた身体は、だけどすぐ、慣れた獣のように触れる女の手に肌を擦り付けてきた。

「嬉しいことを……」

言ってくれる？　してくれる？

どちらとも取れる動きで唇をわななかせ、アデラールは止めていた手を先ほどより大胆に使いだす。

喘ぐほどに乳房を揉みしだき、はち切れんばかりに膨らんだ乳嘴を指先でいじめ感じさせ、膨らみに埋まるほど強く舌を使われる。

胸だけでは足りなくなってきたのか、男の手が脇から平らな腹へと滑り、肌に沈むほど強い力で腰を掴んで引き寄せる。

「ひあっッ……！　あ！」

羽織っただけのローブの合間を縫って、下腹部がアデラールの股間に触れる。

一拍おいて、柔らかい金の和毛《にこげ》に包まれた恥丘に硬く兆した熱杭が押し当てられた。

触れた肌から直に伝わる熱と、茂みを押し分けるものの硬さに息を呑む。

女にはない器官を感じた身体が、ぶるぶると痙攣《けいれん》しそうなほど震えわななくのに戸惑いながらも、エレインはああ、と陶酔した喘ぎを漏らす。

これで抱かれるのだ。

女になるのだと頭のどこかで理解するや否や、愛撫によって熱せられた腹の奥から、とろりとしたなにかが伝い溢れ、秘めた場所を湿らせる。

「あっ………」

思わぬ反応にうろたえた声を上げ、あわてて太股《ふともも》を合わせ閉ざそうとする。

が、その反応でなにがあったか察したのか、アデラールは己の膝を素早くエレインの脚の間に移動させて割り開く。

膝が左右に開かれると同時に冷えた夜気がすうっと皮膚を撫で、籠もっていた空気が散って物寂しさを引き起こす。

同じくしてあてがわれていた男根が恥丘から離れ、いいようのない切なさがぱっと胸に散る。

息を継ぎたいのにつげなくて、ただ喉だけがひくひくと蠢く。なのにどうしようもできず身をわななかせれば、怖がらなくていいという風に優しく頭が撫でられた。

「大丈夫だ。だからそんな顔をするな」

よほど心細い顔をしていたのだろう。子どもをあやすみたいに頭を撫でられるうちに呼吸がふと楽になり、驚きと戸惑いばかりだった心に余裕ができる。

すると唐突に自分の姿勢が恥ずかしくなって、エレインは拗ねた仕草で顔を横へ向ける。

「だって、こんな……脚を開いて……はしたなくて」

「はしたなくてもいいだろう。俺しか見ていないんだから」

くくっと楽しげに喉を鳴らされ、エレインはもどかしさから相手の胸を軽く叩く。

貴方だから見られたくないのだと、見られ呆れられたり、嫌われるのがたまらないのだと教えたいのに、それすらも羞恥に阻まれてできない。

「意地悪……」

「言ったな。こんなに優しくていい男な俺に対して」

余裕のないエレインに反して、まだ冗談を言うことができるアデラールの大人っぽさがうらやましくて、悔しくて、エレインがもう一度胸をたたいて眼を潤ませれば、ちゅっと音をたてて額に口づけした後、彼は耳元で囁いた。

「恥ずかしがる暇もないほど、乱してやりたい」

情欲にまみれた低い声が耳を打った途端、脚の間のぬめりがまた強くなりどきりとする。

けれどそれも一瞬だった。

アデラールは言葉どおりにやりぬくと教えるように、エレインの耳朶を噛んで声をあげさせると、一瞬で鎖骨から下腹部へと頭を伝わせ、先ほどまで己の逸物《いちもつ》をあてがっていた恥丘へと手を至らせた。

「あっ……」

薄い下生えをくぐり抜け、男の指が這《は》わされる。

髪よりも濃い色をした和毛が揺れるくすぐったさは、すぐに男の手から発される熱に炙《あぶ》られちりちりとした刺激でかき消され、エレインはその感覚にぶるりと大きく身を震わした。

今まで誰一人として触れさせたことのない、それどころか自分でもめったに触れることのない秘密の場所に他人の手がある不思議さにぼうっとしていると、エレインが慣れるまで動くことのなかったアデラールの手がゆっくりと、だが確実にある意図をもって動きはじめる。

恥丘を手の平で包み、黄金の茂みをかき分けていた指は丘が二つに割れる部分にくると一瞬止まり、アデラールがなにかに感嘆したように大きく息を吐く。

そこからはもう、少しの躊躇もなかった。

脚の間に走る痴裂に優しく指をあてがいなぞり、往復するごとに少しずつ指を沈める。

やがて閉ざされた痴裂の上に辿り着くと、彼はその場所を丹念に、そして根気強く指で繰り返し上下に辿って刺激する。

汗に湿った硬い指先が入り口を飾る薄い肉弁に触れた。

「んんっ……ッ、あ、あ」

びりっとした刺激が触れた場所から全体に広がり、たちまちのうちに中へと染みる。

触れた指はエレインの声に驚いたように離れたが、それが拒絶ではなく色艶を孕んだものであると知覚した瞬間、またそっと触れる。

「あっ、あっ、そこ」

そんなささやかな刺激にも反応する自分が、これからどうなってしまうのかがわからず、エレインがためらいがちに声を上げるが、アデラールはすっかりと女体に触れることに夢中で聞いてはいない。

エレインの顔や胸元へ優しく甘ったるい口づけを落としつつ、震え、綻ぼうとしている花弁を繰り返しなぞっていたが、それももどかしくなってきたのか、喉で押し殺した声を落とすや否や、なぞるだけだった指先にぐっと力がこもり、花弁を柔らかに押し開く。

くちゅりと湿った音が脚の間から響き、エレインは身を小さくする。

「濡れて、いる」

「いやっ……。言わないで、ください」

「どうしてだ。この反応は俺のためのものなのに」

尋ねるではなく確信をもって言われ、そうだとも違うだとも堪えられず戸惑ううちに男の指先が縦筋の狭間を割って女体の柔らかな肉に沈み、より大胆に秘裂を割り開く。

濡れ閉ざされていたものが拓《ひら》かれると同時に、すうっと冷たい空気が粘膜に触れ、女の身体が小さくわななく。

そこがどんな形をしているのか見たことはない。ただ、辺境伯夫人になる娘として施された闇教育の時に黒板に手早く書かれ、すぐ消された図で知るだけだ。

男を受け入れる場所、子が生まれ出る場所。

だけどそこは単純な穴ではなくて、一番敏感な秘密が埋もれる場所でもあると。

その秘密がなにか理解することもできず、聞いてもはぐらかされていたことをぼうっと思い出していると、俺以外に気をやるなとばかりに指が下から上へと大きく動かされ、今まさに考えていた〝秘密〟の萌芽《ほうが》へと当たる。

ぴんと弾かれた途端、エレインは首をのけぞらせ大きく声をあげていた。

今までとは比べものにならない激しい疼きが、その場所から脳天までを突き抜けて、うっとりとたわんでいた女体をぴんと張り詰めさせる。

「な、に……？」

わからず声にして戸惑いを口に出せば、これだと教える風にアデラールが指の腹でくるみ守る包皮ごと淫芯をそっと叩く。

「あっ、ああ……。……ッ。あんっ！　うぁ」

とんとんと弾かれるにつれ、埋もれるものが膨らんでびくびくと疼くのを感じながら、けれどどうにも出来なくて声ばかりを放埓《ほうらつ》に散らす。

刺激されているのは入り口の上のほうなのに、どうしてか腹の奥が強く脈打って、エレインの意思とは関係なく、奥に眠る子宮からたらたらと蜜がしたたり、太股の付け根をつたって敷布を濡らす。

その反応が恥ずかしくて、たまらなくて身を捩ろうとするけれど、腰骨を抑えるアデラールの手は強く、柔肉に指を沈めながらしっかりと下肢を寝台へと縫い止める。

その一方で唇は休むことなく顔から首筋、胸と口づけを雨と降らせエレインの不安を舐め溶かす。

絶え間なく刺激されたからか、あるいは男の指の力が知らず増していたのか、快感の芽を守る包皮はすっかりと剝《む》き下ろされ、いまや空気が触れるだけでも感じてしまう。

「ん、んん……あぁぁ……、ああッ！」

よがり声が響くたびに追い立てるように指の動きは激しくなり、耐え難《がた》い痺れが甘い苦痛となってエレインの身を震わす。

淫孔は奥処《おく》から入り口までひくひくと震えている。

触れられる淫核ははちきれんばかりに膨らんで、まるで男の指を待ち望むように湿り肌に吸い付いている。

とてつもなく恥ずかしい。淫らな反応を知られたくなくて身を硬くするのに、反応するのを止められない。

たまらずエレインは涙声で弱音を吐いた。

「そこぉ……は、駄目ッ、です」

甘えた猫じみた己の声ももう気にならない。そんなことよりアデラールが触れている場所が気になってしかたがない。

「駄目？　なぜだ」

「だって……、そこ……汚い」

秘部の上にある尖りは感じるためだけの場所ではない。小水の通る小さな穴もまたあるのだと思い出し、不浄なのだと眼で訴えたが、アデラールはエレインの反応ににやりと笑い腰に置いていた手を両腿へ当てて力を込めた。

いきなり脚が大きく開かれ関節がきしんだ。だが痛みより驚きが大きくエレインはきゃっと小さな悲鳴を上げて顔をゆがめる。

「やぁぁ」

むずがる幼女の声が飛び出すが、アデラールはまるで気にせず喜悦に顔を輝かせ笑う。

「綺麗だぞ、とても」

そこで言葉を句切り、ごくりと喉を鳴らして唾を呑んでから続ける。

「白い肌が朱に染まって、黄金の茂みが濡れてきらきらして……秘めた場所が俺のために綻んで薔薇色をしている」

見られることはもちろん、見られることとさえ考えたことのない場所を子細に表現されてエレインは羞恥にはくはくと息を継ぎながら、両手で顔を覆い隠し頭を左右につたなく振る。

「強情だな。……こういう場合は、行動でわからせたほうがいいのか」

聞かせるというより独り言じみた声を響かせると、アデラールはぐっと身を屈めて、すっかり剥《む》き出しになった秘部へ向けて顔を寄せる。

なにを、と声をあげようとした刹那、熱くぬるりとしたものが脚の間を滑り通る。

「ひゃぁ、あ……ぁ……、あ、ぁあっ……ぅ」

ぬる、ぬるりと蜜の出る場所から尖りへと上下に往復するのが、他ならぬアデラールの舌だと理解した途端、全身が羞恥に燃え上がる。

「そん、な……ああ、あああぁっ」

指とは比べものにならない生々しい感覚に喘ぎ身をのたうつが、太股をしっかりと押さえられているので身体のほとんどが自由にならない。

ただ、腰から尻だけがくねくねと揺らぎ動き、男の意地悪な舌から逃れようとする。しかし、それすらも相手には眼に心地よい媚態《びたい》としか映っていないようで、舌の動きはますます苛烈となり、エレインを激しくのたうたす。

舌は、初めは遠慮がちに入り口をなぞるだけであったが、エレインの嬌声が色艶を増すごとに大胆にくねり、ついには縦筋を割って中へつぷりと入り込む。

「ひ、あ……！　やだ。そんな、とこ」

舐めないでと言おうとした声はあっという間に与えられた快感に塗りつぶされて、エレインは反らした背を震わせてただ喘ぐ。

指よりも柔らかく、ぐにぐにと動く舌による刺激は唾液で滑る分もどかしく、中に入り込んだものの動きもひどく緩い。

身体と同じく蜜筒もがひくひくとぎこちなく収縮しているのに、まるで手応えがないままただぬめりだけが増していく。

入り口を浅く出入りしていた男の舌は気まぐれに抜かれ、花弁を舐め、また差し込むことを繰り返していたが、エレインのしどけない姿に興奮し力加減を間違ったのか、上に埋もれかけていた尖りをも弾いてしまう。

途端、背骨がきしむほど大きく身体が跳ねて、エレインの口から悲鳴じみた啼《な》き声が飛び出す。

「んっ……あああああっ！」

強すぎる愉悦にみはった眼がたちまちに潤み、眼の端から一筋涙がこぼれる。

衝撃は弱まりはしても消えることなく、波紋のように身体の縁へと快楽を伝えては、より膨らみ脈動する淫核へと走り戻る。

まるで身体が意のままにならない。

いつまでもびくびくと震える身体をどうにもできず息を継いでいると、強烈な反応に驚き動きをとめていたアデラールが唇についた愛蜜をべろりと淫猥な仕草で舐め取り感嘆の声を漏らす。

「これでも感じるのか……」

ともすれば淫らと揶揄《やゆ》しているも同然の台詞なのに、その声に含まれる素直さと嬉しさが真反対だと知らしめる。

すごい、と一つつぶやきを落とされ、そこからがもう大変だった。

他より強く反応を示す場所が気に入ったのだろう。アデラールは荒れ地で泉を見つけた獣さながらの勢いで恥毛に花を埋め、無我夢中で秘玉を啜り舐《な》め回《まわ》す。

そのたびに、ずずっ、びちゃり——と、粘着質な音がたち、エレインは聴覚から神経を舐められているような心地となりながら、より艶めいた声で啼く。

「んあっ……は、あ、や……アデラール、さ……ぁあああ、あっ、あっ」

薄皮を唇で押し下げ、きつく吸われたと同時に眼の前が真っ白になってチカチカと明滅する。

同時に、身体の奥処から蜜がどぷりと溢れでて、男の顔をはしたなく濡らす。

だけどもう、エレインにはそれを申し訳なく思う余裕はない。

「達った、のか?」

手の甲でぐいと口元を拭いつつアデラールが尋ねるけれど、まるで理解できない。

ただわだかまっていた愉悦の塊が砕け、色とりどりの光となって頭の中で弾け、身体全体を震わせ、感動させるものが通り抜けたように思えただけだ。

（これが、絶頂というもの……なの？）

だとすればすべての終わりのはずなのに、いつまでたっても身体の疼きはおさまらない。どころか下腹部の奥――子宮のあたりがきゅんと切なく引き絞れ、蜜道が絶え間なく収縮し、もっともっとと気をはやらせる。

流れ出す蜜は留まらず、脚の間はもう入り口どころか太股や尻の合間までびちゃびちゃで、下敷きとなってしわ寄る寝間着もじっとりと濡れているのが、肌に張り付く薄衣の感触でわかった。

気怠い。なのに足りないと身体が疼く。

相反する感覚に揺られながら自分を抱く男を見ると、彼はぎゅうっと苦しげに眉を寄せ、熱く売れた吐息を吐いた。

「だめだ。もう、我慢できそうにない」

挿れていいか。と尋ねられはいと答えたのか、あるいは唇の動きだけでそれを伝えたのか定かではない。

ただ、痴裂にあてがわれた男の欲望の硬さと熱だけが確かだった。

ずりっずりっと蜜を纏わせるよう性急に肉棒が前後する感覚は鮮烈で、あまりの生々しさにエレインの身体は大きく跳ねる。

それがいけなかったのだろう。

気を吐いて覚悟を決めたアデラールがぐっと腰を押し出すと、先端がまだ収まりのつかない淫芯を強く押し潰し、強すぎる刺激にエレインは悲鳴じみた声を上げてしまう。

「すっ……すまない」

焦りきった声が耳をうち、身体から男の熱がふと引いた。

それがとてつもなく寂しく、頼りなくて、エレインは思わず手を伸ばしアデラールの首筋に絡めてすがる。

「うっ……」

触れられるだけでも辛いほど、私を貫くのを我慢してくれたのだと理解した瞬間、ふわりと温かいものが胸を満たす。

求められている。そのことがこの上なく誇らしい。

多分、これが女になることだと、男に求められ番《つが》うことなのだと本能で理解しつつエレインは震える声で伝えた。

「もう少し、下」

「……ああ」

慣れた者からすれば苦笑でしかないやりとりだが、今の二人にはそれを気遣う余裕がない。

二度、大きく深呼吸したアデラールは、まぶたを閉ざし、二度目の決意とともに眼を開いてエレインを見つめる。

美しい蒼の瞳に蕩けた自分の顔が写っているのを、どこか不思議な思いで見蕩れていると、つるりとした先端が蜜の流れる場所へそっと優しくあてがわれた。

「いくぞ」

はいと赤くなりながらうなずいて、彼の首に絡めた手指に力を込める。

と、次の瞬間、信じられないほどの熱と衝撃がずぶりという淫猥な音とともに身を穿《うが》つ。

「んぁあああああっ！」

まるで獣のような喘ぎが喉からほとばしる。

今まで誰一人、否、指さえ受け入れたことのない場所に、太くて硬いものが入る異物感は強烈で、エレインは限界まで身体を弓なりにして、肉襞が擦られる違和感をやり過ごす。

ふやけそうになるほど舐め濡らされていたからか、痛みは思ったほどなく、ただただ、信じられない思いだけが胸を強く押し上げる。

そうすると女の双丘を男の胸板に押しつけるような形となり、張り詰めた筋肉により押し潰された乳首からも響くような愉悦が走り心臓を貫く。

思わず息を止めると、その分、中に含むものの大きさや脈動を感じてしまい、エレインは首を反らし天を見上げたまま、ただはくはくと息を継ぐ。

「っ、く……、大丈夫、かエレイン」

自分だってきついはずなのに、そんなにまでなって気遣ってくれるアデラールに心が揺れる。

唇を開くも言葉は出ず、替わりに何度も頷くと、太股を押さえていた男の右手がそっと背に回され、相反して左手は力を込めて腰骨を掴む。

動くぞと囁かれたのか、眼で告げられたのか。それさえも分からずまた頷くと、中程まで入っていたものがずるりと引き抜かれ、そして挿し入れられる。

それを何度か繰り返すごとに、動きは早まり、より深くまで入り込まれ、エレインは揺さぶられるまま声を上げた。

そのうち、ずんとした強い刺激が脳天まで突き抜け、同時に湿った打擲《ちょうちゃく》音が繋がる場所で弾けて、男の欲望が根元まで埋められたことがわかる。

「あぁ……」

声を上げすぎて掠れた声が吐息交じりの喘ぎを漏らす。

感じきった女の艶声は小さかったが、男の理性を剥《は》ぎ取《と》るのに充分な威力だったらしい。

今度はもう、いいかと尋ねることもなく、遮二無二腰が打ち付けられだす。

その感覚をなんに例えたらいいだろう。

熱くもあり、激しくもあり、嬉しくて切なく、少しだけ痛い。

けれどいつしか痛みすらも快感へと変わって、どうしようもない愉悦ばかりが身体に満ちる。

心臓が身体の中で転げまくるように動悸が乱れ息苦しく、壊れそうな自分を守ろうとするように、意識が軽く飛ぶことすらあるのに、終わりまでは気をやりたくない。

涙がぽろぽろとこぼれ男の首筋を濡らし、首に絡んだ手はより強く肌に爪を立ててすがり、貴方のすべてが欲しいと身体だけで訴える。

自分の身体が雄を包み込んでいく感覚は恥ずかしかったが、それでもやめてと言いたくなかった。

抽挿はますます強烈なものになり、刺激はより直接的で耐え難いものとなって、二人の吐息と体温で寝室に熱気がこもる。

挿れて、引き出されて、さらに激しく穿たれる。そうすると脳天から爪先まで濁流さながらに疼きが突き抜け、一際甲高い嬌声が細い喉からほとばしる。

そうしてどれほどたったのか。永遠と思えるほど長い時間か、あるいはすぐか、わからずエレインの身体が限界にぶるぶると震えた時だ。

アデラールが、うっ――と喉だけでうめき、両手でエレインの腰を掴み直して一番奥まで己を差し込む。

奥処《おく》を強く擦り付けられて、エレインは絶頂への階段を駆け上がる！

「あああああっ………！」

今宵《こよい》一番に高く派手な嬌声を上げたと同時に神経が快感に灼《や》け付き、身体の奥でどぷりと弾けるものを感じながらエレインは意識を手放す。

身体が崩れ寝台に柔らかく受け止められてなお、男の射精は長く続き、二度、三度と白濁を吐き出し、逆流したものが処女の血を淡い桃色へと塗り替えながら敷布を濡らし尻をも汚したが、朝まで目覚めることなく達したまま眠りに落ちたエレインが気付くよしもなかった。

第四章

目を覚ました時、外はもう明るくて驚いたエレインは飛び起きる。

(いけない！　温室の管理をしなきゃ。それにぐずぐずしてたら侍女たちにまた嫌なことをされてしまうし)

そう考えつつ着替えようと身に触れた途端、ここがいつも寝起きしていたブリトン王国の離宮ではなく、嫁いできたロアンヌ王国の寝室だと気付く。

「私、一体」

混乱する頭に手をあてた途端、昨晩の出来事が嵐のように思い出され赤面してしまう。

そうか――結婚してしまったのだ。本当の意味で。

初夜の驚きも覚めやらぬまま脇を見るが、エレイン以外の人影は寝台になく、自分の身体も風呂上がりのように綺麗に清められ、絹の夜着を着せられていた。

けれど襟の縁から見えるか見えないかの位置、ちょうど胸が膨らみだす辺りにある、淡い紅色をした鬱血の痕が夢ではないことを告げていた。

起き上がったばかりだというのにまた突っ伏し、恥ずかしさに身を震わす。

(私ったら、なんて大胆な……)

昨晩の痴態に悶《もだ》え、頭から毛布を被りこむ。

(はしたないと呆れられていないかしら)

愉悦とまどろみにたゆたう中、窓から差し込む朝陽を受けながら、アデラールが額に接吻していったのが鮮やかな色彩をともなって記憶から呼び起こされ、エレインはまるで身の置き所がない。

けれど不思議と、男女の行為を持ったことに対する後悔はなかった。

むしろ、どこか満ち足りた気分が心を満たす。

(アデラール様)

そっと、夫となった男の名を唇の動きだけで紡ぐ。

途端、黒曜石のように艶めく黒髪や広い肩幅、両手を回してもまだ指先が届かないほど鍛え上げられた上半身、そして切なげに眉をひそめエレインの名を呼びながら、情熱的に求め、穿ち、己につなぎ止めようと必死であった表情が浮かび、ますますいたたまれなくなる。

「駄目だわ。寝台にいるからそういうことを考えるのであって。いい加減起きて、ちゃんとしなきゃ」

他でもない自分自身に言い聞かせ、勢いをつけて毛布をはね除《の》けた時だ。

控えめに扉を叩く音がして、王妃陛下？　と中年女性の声で呼ばれる。

最初、それが自分のことだとわからずぼんやりしていたが、すぐに気を取り戻して寝台から扉へと向かい開けば、遮るもののない日差しが視界を白く染め上げた。

まぶしさに目を細め、瞬きを繰り返していくうちに周囲がはっきりと見えだし、エレインは、満面の笑顔で自分を出迎える侍女頭のカロルと、その背後に並び一斉にお辞儀をする侍女たちを、さらに、呆れるほど多くの花々で飾られた室内に目を丸くする。

「えっ……？」

鮮やかな黄色で気分を明るくしてくれるミモザの花枝と甘い香りのするリラの花枝を基調に、薔薇、ヒヤシンスなどが部屋中を満たしている。

テーブルには鈴蘭《すずらん》の小さな花束にカードが添えられた銀盆が置いてあり、その上には食べきれないほどの朝食が、今まさに用意されたばかりといわんばかりに湯気を漂わせていた。

「これ、は」

「国王陛下からですよ」

カロルがふくよかな頬を緩ませにこにこしながら告げてくる。

(まるで魔法のようだわ)

昨晩、案内されたときはこれほど花だらけではなかった。

せいぜい、食事をする円卓と入口に一つずつ花瓶が飾られていただけで、こんな非常識な量の花など影も形もなかった。

突然、花畑に迷い込んだような心地のまま、エレインはテーブルの上にあるカードを開く。

すると、男らしく力強い筆致で伝言が記されていた。

――政務があるので先に出た。寂しい思いをさせてすまない。許してくれるなら、また今夜、貴女《あなた》と共に時間を過ごしたい。

末尾にある署名を見ずともアデラールからだとわかった。

エレインが一人で目覚める寂しさを覚えないようにと気遣い、次の約束を望む言葉に心がときめく。

少なくとも、二度と会わないとか嫌だとか思われてなかったことに安堵《あんど》し、次に、じわじわと嬉しさが込み上げる。

こんなに心を砕いてくれるとは、なんて素敵な人なのだろう。

ブリトン王国では庶子で正妃に疎まれていることや辺境育ちということで、田舎姫と嘲られ、侍女からも蔑《ないがし》ろにされていたのに――。

思わずカードを抱きしめ、そろそろとまた開いたエレインは頬を朱に染める。

口ではお前とか名前で呼ぶというのに、文章では貴女となっているのがなんだか新鮮で気恥ずかしい。

その上、また今夜とあるのだから、どういう顔をしたらいいのか分からない。

一人で身悶え震えていると、周囲に控え微笑ましげにこちらをみていた侍女が、さあ、朝食をお取り下さいと促してきた。

着席したエレインの前に湯気をたてる根セロリのポタージュが置かれ、また感動してしまう。

(朝からなんて贅沢なんだろう)

根セロリの旬は秋から冬で、春になった今ではどこの市場でも扱ってない。

なのにポタージュにして出せるということは、氷室で寝かせ熟成させていたもので、それが珍しい上高価なことは、貴族なら誰でも知っている。

続いて出された魚料理も、えんどう豆を裏ごししたピュレに白身魚を浮かべ、ミモザに見立てた黄身がかけてある春らしい一品。

そこに、今が旬である白アスパラガスのゼリー寄せが続く。

食材の素晴らしさはもちろん、見栄えの美しさから、さぞかし高名な料理人が腕をふるっていると知れる。

一口含んだだけで、訪れた春を喜びたくなる献立は見事だし、味付けは繊細にして極上。

当然ながら新鮮で、金がないと疑うのも失礼な逸品ばかりだ。

夢のような極上の朝食を、一皿ずつ口に運びつつエレインは思う。

(人質のような立場だからもっと粗食かと思っていたのに、……本当に、私が食べていいのかしら)

確かに、昨晩、二人の関係は、建前ではなく名実ともに夫婦となった。

けれどそれでブリトン王国の借金がなかったことになる訳でもなく、身代として預けられているエレインが、このままロアンヌ王国にいる保証にもならない。

（こんな風にされると、勘違いしてしまいそう）

本当に、アデラールから求められているのだと。愛されているのだと。

そんなはずはないのに。

昨晩の初夜は彼の優しさと、互いを知り合ううちに成り行きで果たされたもので、それが本意かと言えばきっと違う。

（周囲に溺愛を印象づけて、私の立場が悪くならないようにとの意図であったとしても、やり過ぎだと思う）

嬉しいの半分、いずれこれを失うかもという不安半分に食事を済ませ、侍女の手を借りて身支度を終えると、まってましたとばかりに続き部屋である応接室の扉が開かれる。

途端、エレインは朝食を目にした時よりも驚き、その場に立ちすくんでしまう。

一面に、色彩の奔流が広がっている。

壁一面に並ぶ居間の大きい窓から入る日差しを受け、部屋のそこら中で淡く透き通る輝きを放つものが、極上の絹布や、繊細に編み込まれたレースやチュールだと気付き足を止めたエレインの耳に、お待ちしていましたと侍女たちの華やかな声が届く。

　そこでようやく眼がまぶしさに慣れたものの、部屋を埋め尽くす勢いで飾られている布が、真新しいドレスやそれを作るための布だということがわかるぐらいで、一斉に頭を下げる侍女たちの乱れない動きや、満面の笑顔を受ける理由がまるでわからない。

　どうしたものかと途方に暮れていると、侍女頭のカロルがさあさあとエレインの背を押して応接室に置いているソファまで導く。

「あの……」

　言葉をつまらせ、眼を盛んに瞬きさせていると、侍女たちの後ろに控えていた黒縁眼鏡の女性が、腕にかけていた計測用のリボンを手に恭しげに口を開く。

「王妃陛下のために、服を用意するよう承りました」

「私の、ためにですか?」

　確かに持ち物は少ないが、生活に困るほどではない。

　舞踏会や社交用のドレスについては持ってきていないが、そもそもほとんど持ち合わせてなかったし、白い結婚だから表に出ることもないだろうと思い込んでいた。

（だけど、これは……）

　こざっぱりとした意匠の部屋着から始まり、散歩用のドレスに日傘、果てには乗馬服まで揃えてあり、積み上げられた見本帳にはこれでもかと多種多様な舞踏会服が掲載されている。

「これらはアデラール王陛下のお声がかりで、王都じゅうから集められた最高級の衣装です。

この中からエレイン様が好きなものを選び、身に付けてほしいと」

衣装係かあるいは服飾店の店主か、黒縁眼鏡の女性が羨望で目を輝かせつつ笑顔で口上を述べてきた。

「ですが、ええと。その、私は」

花嫁とは言うものの、実体は返せない借金の身代だ。受け取るような立場ではない。

説明しようとして、いや、でも実体のほうは機密で勝手に口にしてはいけない類いのものかも？　とためらううちに、カロルが少しだけ心配げな表情を見せる。

「しきたりとはいえ、身一つで嫁いでいらしたのでしょう？」

「へ？」

「お辛かったでしょう。……愛着のあるものをすべて置いて嫁ぐのは。それが王女というものなのでしょうが。婚礼衣装まで代々の品とは奥ゆかしすぎて、いたわしくて」

放っておけば感涙にすすり泣きそうな様子に、エレインは飛び上がる。

「いえいえ、そんな。大丈夫です。気遣われなくても私は。えっと、その。持ってきた服を着回せば」

「まあ！　それではいけません」

大丈夫といいかけたエレインに、黒縁眼鏡の女性と侍女が同時に否の声を上げる。

「大国と呼ばれるロアンヌ王国の妃様です。慎《つつ》ましいことは美徳ですが、結婚されたのではそうもいきません。王妃陛下の服は最新かつ最高でなければ！」

「そうです。……あの国王陛下の隣に立つことに気後れしてしまうのはわかります！　ですが、負けないように着飾らないと」

申し合わせたように連続して主張され、エレインはたじろぐ。

そこにカロルが近づいて、励ますように肩に手を置いて、小声で囁く。

「意に染まないかもしれませんが、どうかお受け取りを。……このままでは、妻のドレスにも金をかけられないのかと、陛下が恥をかいてしまいます」

つまり、エレインの持ってきた服は王妃の格に合わないということだ。

今まで離宮の隅で、つまはじきにされてきた娘にはまるで考えつかない理由に、思わず溜息が出てしまう。

それとは逆に心が浮き立つ自分がいるのも真実だった。

生まれこそ王女であるものの、ずっと辺境伯領から出たことがなく、王宮に呼ばれてからは正妃に厭われ公式行事に出ることも許されなかった。

これならば没落した貴族令嬢のほうがマシではないか？　という程度の衣裳しか持たず、お茶会に招かれることもなく、薬草温室の世話と図書館通いだけが楽しみの日々。

(辺境伯領でも、そう着飾ることはなかったし)

もう二十年近く平和が続いているが、またいつ戦場になるかわからない国境暮らしでは、舞踏会などの派手な催しはほとんどなく、あっても成人してなかったエレインは参加できず――結果、服はといえば多少侍女や下働きより質がいい程度のもので、礼儀作法の授業より護身術や乗馬、それに歴史と帳簿に必要な算術などに時間を割かれていた。

祭だって、王都の貴族達のように上から見下ろすものではなく、民に交じり、楽しみつつもさりげなく困りごとを聞き出しては、後日対応を練るばかりで。

ようするに、王女というより次代の辺境伯夫人として夫が戦で不在の間でも、民を統治できるよう育てられたのだ。

蝶よ花よと育てられた異母妹みたいに着飾って遊ぶ暇などまるでなかった。

だからといって、絹の艶めきやなめらかな手触り、レースの繊細さが織りなす影に憧れる女らしい感性を失っている訳ではなく、こうして目にすればやはり心が躍る。

複雑な襞を幾重にも重ね膨らんだ薔薇を逆さにしたような形のもの、逆に、百合のようにすっきりとした輪郭で腰から足の形を美しく引き立てるもの。

色鮮やかに染められた絹に、目も痛いほど真っ白な手袋。

宝石のきらめきは夢のようで、見つめているとまぶしさで涙が出そうになる。

「あの、本当にいいのでしょうか」

「もちろんですとも！　気に入る品がなければ見本帳をごらんになって、探していただければ」

おずおずと申し出た途端、その気になったエレインを逃すかとばかりに、カロルが周囲の侍女に合図を送る。

「時間がもったいないので合わせましょう」

「お茶もお煎れいたしますね！　好みの菓子などございますか？」

緊張した空気が急に和んで、老いも若きも関係なく侍女たちが盛り上がり、あれはどうでしょう、これは？　とか、こちらの色もお似合いですよと侍りだす。

そうして浮かれる侍女たちに囲まれてあれやこれやあてがわれ数時間。

もっと買われても？　と勧める侍女たちに首を振り、必要最低限のドレスと装飾品を決めると、今度は化粧品業者と小物商がはいってきて――。

そうして、身の回りの品を選んでいるだけで、ロアンヌ王宮での初日は終わってしまった。

◇
◆
◇

一年半ほど前までは主が寄りつくこともなく、埃を被って蜘蛛《くも》が巣を張っているのではと冗談の種にされるほど寂れていたロアンヌ王の執務室は、アデラールが王となってから一変した。

吹き抜けを飾るシャンデリアはそのままに、部屋半分ほどを覆う二階の休憩室は壁を取り払われ、先王が愛人を連れ込んでいた寝台を放り出し、新たに書架を並べ立ててあらゆる法律書や地理、歴史の書物が詰められた開放的な資料室へと変化しており、無駄にソファが多く酒棚だらけだった一階は側近や法務官僚たちが仕事をするための場所に変えられた。

王の執務机と椅子はそのままだったが、もはや空席ではなく、早朝から日暮れまで、書類を読んでは国璽《こくじ》を押して署名する若き英雄王——アデラールの姿があった。

嘆願書や税務関係の書類など、国王の裁可や判断を必要とする書類は積み上げられるいとまもなく処理され、運ばれてきたかとおもえばもう手続きが終わり、持ち出されていく。

それは結婚後も変わらない——はずだった。

(どうすればいいのか、まったくわからん)

署名する羽根ペンの動きが止まっていることにも気付かず、アデラールは思い悩む。

享楽に耽り、贅沢をするため重税を課した先王でありアデラールの叔父であった男の打倒を決めてから、軍事はもちろん政治においても悩むことを知らなかったアデラールは、今、人生最大の難問を前に頭を抱えていた。

英雄とも呼ばれる若き王を悩ませているのは、不作の知らせや疫病の発生などではなく——結婚したばかりの妻エレインだ。

(どうすればいいのか、まったくわからん。……エレインを心の底から喜ばせたいというのに)

神妙な顔で眉を寄せ、彫像さながらに動きを止めたまま思い巡らす。

真っ直ぐで、毛先のほうだけ緩く癖のついた淡い金髪に、初夏を思わす新緑色の瞳。話をすればひたむきに自分を見つめ返し、疑問に思えば小首を傾げ、わかると小さくうなずいて微笑む。

寝台の中ではことのほか最高で、恥じらいながらも感じる様はアデラールの心を捉えてやまない。

愛らしい。この上なく愛らしくかわいい妻だ。

彼女に対する不満は一切ない。

人柄も教養も自分には過ぎたぐらいだとさえ思う。

ただ、微笑み以上の笑顔をなかなか見せてくれないところだけは、気にかかっていた。

(なにをすれば、エレインは心の底から喜んでくれるのだろう)

自軍の倍ほどもの軍勢を見た時よりも、重税に次ぐ重税で王家に不信感を抱いた村人たちに取り囲まれた時よりも難問だ。

そもそも幼少時から多感な年頃を過ぎるまで、厳粛さで有名な修道学院で、しかめっつらの修道士ばかりを相手にし、目にする女性といえば調理場に出入りする野菜配達の老婆ぐらい。長じてからは不当に奪われた玉座を取り戻すために戦場暮らし。王位を手にしてからは正しく統治し民を導きたいと寝る間を惜しんで政務漬けの日々だったのだ。

女性と関係を持つどころか、恋人として付き合う暇もなく、また、関わるつもりもなかった。

実際、アデラールが王としての頭角を現し始めた頃から、先王からアデラールに乗り換え、既得権益を守ろうとする貴族らが、雨かあられのように娘連れで花嫁にどうか、いや一晩だけでも慰みをとうるさかったし、親の打算なしでも行く先々で黄色い声をあげられ、つけ回されていたのだから、やろうと思えばいくらでも女性を侍らせられたのだが、そもそも当人にその気がない。

どころか嫌ってすらいた。エレインに会うまでは。

というのも、女といえば右も左も、話題は菓子か恋愛、あるいは衣裳のことばかりで話をしていてもつまらない。どうかするとなにか買ってとねだられる。

特に戦場の先々で待ち受ける娼婦どもにはうんざりで、昨日あの男の相手をしていたかと思えば、今日はこちらの男。酷い時は三人でなどという話さえ耳にさせられた。

相手も商売だし、周囲の臣下——修道学院時代からの悪童仲間でもある——らが口にする男の下半身事情への対処もあって、存在することを禁じたいとまでは思わなかったが、自身としては関わり合いたくない人種である。

そもそも脂粉の匂いが嫌いだし、香水の匂いに至ってはもっと嫌いだ。

元の顔が分からなくなるほどのっぺりと塗り重ねたおしろいに、毒々しいほど鮮やかな口紅は、裏によこしまな欲望を隠しているようでどうにも受け付けないし、昨今の流行なのか、浴びるほど付けた香水の鼻に突き刺さる刺激臭にはくしゃみが出そうになる。

ああいうのは漂ってふと気付くぐらいが好ましいのに、娼婦にせよ貴婦人にせよ、自分の通った道を教えんばかりにぷんぷんと匂わせ練り歩いている。

それぐらいなら、まだ、男の汗臭さのほうが我慢できるというもの。

だから借金の身の代としてブリトンの姫と結婚することになってしまった時は、心底辟易《へきえき》したし、いつでも離婚できるよう絶対に手を出さないようにしようと心に決めていた。

実際、結婚式で初めて見たエレインの、ヴェール越しでもわかる派手な化粧ぶりと、馬鹿みたいに高く結った頭にうんざりした。

こんな女と結婚するのか。俺は。

長すぎる司教の説話を右耳から左耳へと通り抜けさせ、今後どうするか、どうしたらブリトン王国は借金を返済する気になるだろうか。などと考えているうちに誓いの接吻となった。

頬をかすめるようにして接吻のまねごとで逃げようと決意し、心を無にしてヴェールを持ち上げた時だ。

林檎とヒースの花が混じったような、よい香りがふわりと漂った。

どきりとして息を詰め、意外な思いでエレインを見れば、派手な化粧の下であどけない眼差しをしていて——悪戯心が刺激され、そんなつもりもなかったのに唇を奪っていた。

後に、初めてだったと聞いて躍り上がるほど嬉しかったし、その後、どんどんと彼女に心惹かれ、気付けば恋をしていたことは言うまでもない。

船で化粧を落とした彼女の楚々《そそ》とした雰囲気にときめいて、風にたなびくヴェールの裾からかすかにこぼれる甘い香りに魅惑され、最後に薬師の知識を持ってして部下を救ってくれたことや、その時の凛とした姿は衝撃的で。

つまり手の施しようがないほど、エレインが好きになっていて、どうしてももう手放したくない。

白い結婚前提だったことなど、どうでもいいと思えるほどに。

(だけど、どうすれば彼女も同じように、俺を思ってくれるのか。いや、俺に対して気を許してくれるのか)

本音を知りたい。王女としてではなくエレインとしての気持ちを。

そのためには自分に対して好意を持ってもらい、気を許してもらうのが先決だと考えるも、どうすればいいかわからない。

女の喜ばせかたなどまるで知らず、学ぼうともしなかったことを後悔する。

(幸い、嫌われては、いない……と、思う)

じっとりと背に汗が浮かぶのを感じつつ、自分自身に言い聞かせる。

嫌われてはいないだろう。多分。

結婚して一月たつが、その間、一度として夫婦の営みを拒まれたことはない。

もちろん、初夜の翌日は身体を労《ねぎら》ってやりたくて、ただ腕に抱いて眠るだけにしておいたし、月の触りが訪れてから今日までの一週間、キス以上のことはしてない。

その代わり、夜、辛そうに何度も寝返りを打つエレインを見かね、腰を一晩中さすってやったのだが。

アデラールが擦ってやると、寝不足だったのか、心地よかったのか、気持ちよさそうに目を閉じ、そのまま身をすりよせて眠るエレインの姿に、朝まで理性を試されたのには参ったが、無垢で安堵しきった寝顔は得がたい宝物となった。

同時に思う。

どうすれば、あの無邪気な微笑みを一日中見られるのだろうか。

いや、声をたてて笑うところも見たい。怒って頬を膨らませるところや拗ねたところなども見てみたい。

つまるところぞっこんである。

頭の先から爪先までどっぷりとエレインへの恋慕にはまって抜け出せない。

否、抜け出したくない。もっとかわいがりたい、愛したい。

気ははやり、頭の中は桃色で、いろんな姿をしたエレインが手と手を繋いで踊っている有様だが、その一方で無理難題だとも思う。

どうすれば彼女が心の底から喜ぶのか――わからない。

身一つで嫁いできたのだから不便だろうと考えて、女性が喜びそうなドレスや宝石を一通り贈ってみたが、嬉しいより気遣わしげな微苦笑と丁寧な御礼だけで、他の男どもが言うように〝満面の笑顔ではしゃいで抱きつく〟ようなことは一切ない。

ならば花かと室内を埋めるほどのミモザや薔薇を届ければ、飾りきれません。枯れさせるのは可哀想と叱られる始末。

アデラールとしては国中の宝石はもとより、ドレスさえもすべてエレインに贈りたいのだが、肝心なエレインに言わせると、自分などに金を使いすぎる。借金の身代なのであまりにも散財されると心苦しいと困った顔をする。

そんな顔をされたところで、ロアンヌ王国の財政は安定しているどころか急成長中で、市場も港も栄えている。

さすがに内戦終結直後は荒れており、貧しい村などもあったが、一年をかけて丁寧かつ誠実に対応してきた成果が出始めている。

借金についてもだ。

ブリトン王国が踏み倒そうとした大砲の代金など、軍事予算の一割にも満たない金額だったし、面倒であれば無視してかまわない額ではあったのだが、それで浮いた金が、あちらの貴族や王族を肥え太らせるために使われていた上、探りの手紙に対してはのらりくらりとふざけた対応をされ、頭にきたので引っぺがして困らせてやる。程度の話だった。

エレインと白い結婚をすることになったのも、払えないなら王族の義務と誇りを示せ。娘を人質代わりに嫁に差し出すぐらいの事を言って見ろ。と煽ったのが原因だ。

ブリトン王が娘を溺愛しているという噂は大陸でも知られていたし、継承権を持つ男児は病弱で、次代は女王が立つのではと耳にしたことさえある。

だからさすがに差し出せないだろうと笑っていたのだが——。

(娘が二人いたとは誤算だった)

エレインとエレン、名前が似ているから混同して伝わったのだろう。

エレインに対する悪女の評判が誤って伝わったのと同じことだ。

それでエレインと結婚することになった時は、己の浅はかさに舌打ちしたものだが、どうせ借金を返してもらうまでの関係。

白い結婚で離婚することになるのだと開き直り、ついで、女避けに丁度いい。性悪女は性悪女に撃退してもらうことにしようとほくそ笑んだぐらいなのだが。

実際のエレインはまるで違い、凛とした白百合の花のように高潔で穢れない乙女で——。

白い結婚であると決めていたことも忘れ、無我夢中で抱いていた。

というか、今も抱いている。

(今朝だって、愛らしかった)

白く柔らかい身体を腕に抱いたまま眠っていたアデラールは、修道学院時代からの習性もあって夜明けの最初の光で目が覚めた。

剣と乗馬の鍛錬をしてから、朝の政務を――と身を起こしかけた時、それを寂しがるように、エレインがアデラールの黒髪を軽く引っ張ったのだ。

幼く甘えた仕草に心を打ち抜かれ、つい勢いでキスをすれば、昨晩抱いた名残に火がついたのか、〝うぅん〟と愛らしい鼻声を出されてしまい――あとはもう、言うまでもない。

早く目が覚めたのをいいことに、朝っぱらから事に及んでしまい、これでもかというほどエレインを感じさせ、貫き、蕩けた秘筒の熱さと締め付けにうっとりとしつつ腰を振り――結果、朝から盛大に拗ねさせた。

その拗ねた姿に、二回目をねだりたくなったが、さすがにそれはあんまりだろうと我慢したことを思い出す。

覚えたては猿のように番いたがるものだと耳にしていたし、実際、修道学院時代の悪童が色ボケした猿となる姿を見て馬鹿にしていたが。

――あれは、世の真理だと思う。とくに、妻が史上最高にかわいければ！

そうして政務中までエレインの事を考えてしまうアデラールなわけだが、一つだけ不満がある。

(俺にはなかなか笑顔を見せてくれないということだ)

もちろん、微笑みや可笑《おか》しい話を聞いて笑うことはある。だが、アデラールに対して気さくでなんのてらいもない笑顔というものを見せてくれない。

逆に、近衛隊長のギースやその部下たち、部屋付きの侍女たちにはあっけないほど簡単に笑顔を見せているというのに。

(ずるい。俺も見たい。というか、俺だけに見せてほしい)

などと子どもじみたことを考えてしまうほど、ともかくエレインが好きで好きでたまらなかった。

そんな私事に耽《ひた》っていたのがいけなかったのだろう。気の抜けた手からペンが滑り落ち、書類にインクのしみがついた。

しまった、と顔を上げれば、部屋に詰める護衛や事務官僚たちが奇妙なものを前にした顔で、アデラールを見ていた。

「なんだ」

「いっ、いいえ！　なんでも」

嘘だとすぐ見抜けるほどの焦りぶりで一斉に口にし、書類に目をやったり、資料を探しに二階へ上がったりするも、合間合間に、ちらちらとこちらに視線を向けてくる意味がわからない。

思わず腕を組んで唸《うな》れば、側に立っていた近衛隊長のギースが、鋼線のような色をした巻き毛をくしゃくしゃとかき混ぜつつ豪快に笑う。

「そりゃ挙動不審にもなるよ。アデラールが仕事の手を止めるなんて今まで一度もなかったし、今後もないだろうって皆思っていたもん」

臣下としてではなく、幼なじみとして言われむっとする。

「機械じゃないんだ。俺だって考え事で手を止めることもある」

「ははあ、王妃陛下のことかい？」

図星を指摘され声を呑み込むと、先ほどより大きな声でギースは笑う。

「いやいや、まあ、素敵なことだよ。我らが英雄王にも人間らしいところがあったってわかって。うん。本当に卒業できてよかった」

──卒業、つまり、童貞でなくなったことを指摘されにらみつける。

「ギース、お前。死ぬなら絞首刑がいいか。断頭台がいいか」

「どちらもお断りでーす。ついでに言うと王の職権乱用は見苦しいですー」

外国人みたいな片言で返され、ますます顔を渋らせた時だ。

「ごめん、遅くなった」

扉が開いたかと思ったら、貴族服の上に外套を着た金髪の男──ディディエが姿を現す。

「そうだな。随分時間が掛かったな。予定ではもっと前に戻ってくるはずだったのでは」

ギースにからかわれ、憮然《ぶぜん》となったままの顔でアデラールが言えば、ディディエはひょいと肩をすくめて、縺《もつ》れた金髪に指を通し文句を口にする。

「お手柔らかに頼むよ。なんたって、ロアンヌ王国の地に足を着けた途端、またブリトン王国へ戻れなんて無茶《むちゃ》を聞く臣下なんて、そうそういないんだから」

「それについてはすまない事をしたと思っている」

　どうやら船から真っ直ぐ王宮へ来て、旅の埃を落とす間も惜しんで執務室へ足を運んだようだ。

　色男らしくいつも隙なく整えている金髪が乱れているし、服もどこかくたびれていた。

　本当ならすぐ休暇を与えたいところだが、ことがことなのでアデラールは返答を急かす。

「で、どうだったんだ？」

　船の上でエレインがギースを治療するのを見て、この姫が悪女だなどとブリトン人の目は腐っているのかと思った。と同時に、一国の王女が薬師の技を持っていることが気になった。

　――ひょっとして、身代わりでは？

　とさえ思った。今は違うが。

　ともかく、エレインという名の王女に疑念を抱いたアデラールは、ディディエを調査に頼んだのだ。

「酷いものさ。噂ではなくて、エレイン王妃陛下への処遇がね」

　言うのと同時にディディエは人払いをし、アデラールとギース、そして自分だけの三人になった部屋で口を開く。

「まず、エレイン王妃陛下はブリトン国王の実子だ。庶出ではあるが認知されていて、王家の系譜にも名前が記されていたし、身代わりではないよ。宮廷では田舎姫がやっといなくなったって笑い者になっていたから」

「なんだと」

エレインが王女であることにほっとしたが、それ以上に嘲笑《あざわら》われていたという事実に反応して声を上げてしまう。

そんなアデラールに対し、ディディエはまた肩をそびやかし手を振る。

「僕が言ったんじゃなくて、宮廷の噂だよ」

「田舎姫だと。そんな妙な呼ばれ方をしていたのか。エレインは」

「まあ、正妃……というか、正妃の実家である公爵家が王より力を持っているからね」

なんとなく状況が読めてきたとアデラールは思う。

ディディエの話によると、エレインの母は王子だった頃の国王と情を交わし、結婚の約束をしながら結局は果たされず、ノーサンブリア辺境伯の庇護の下でエレインを産んだ。

その後、娘の存在を知った国王は、認知はしたが。その時にはすでに公爵令嬢を正妃として婚姻しており、体面もあって親子を呼ぶ訳にはいかず、エレインの母が亡くなったこと、そしてエレインが結婚し辺境伯夫人となるのが決まっていたことから、王宮に呼び寄せたのだと。

「……婚約者がいたのか」

「乳兄弟のようなものだったらしいよ。三つ年上とか。……ただ、今は正妃の娘であるエレン殿に婚約を乗り換えたそうだ」

恋愛感情はなかったようだけど、とディディエが付け加えるのを聞いて思う。

たしかに、兄弟として育ち、親が決めた婚約者なら恋愛感情はなく親愛、あるいは家族愛だっただろう。

だが、それでも、突然、異母妹に奪われて辛くないはずがない。

馬車の中で、静かに涙をこぼしていたエレインの姿が頭をよぎり、アデラールの胸が鋭く痛む。

もちろん、元とはいえ婚約者がいたという話は心穏やかでいられるものではないが、対抗心や妬心よりも、今はエレインを慰めたい。幸せにしてやりたいとの気持ちが強い。

愚かな。エレインのように素晴らしい女性を捨てるとは」

「本当にね。……だけどノーサンブリア辺境伯長男のユアンとエレン姫の婚約も、いつまでもつか」

人の悪い笑みを浮かべ、ディディエが目を細める。

「どういうことだ」

「君さ。君が原因で破局しそうなんだよ」

「俺がか。なぜ」

まったく思い当たるところがなく聞き返せば、これだからとディディエはギースと顔を合わせ苦笑してから続けた。

「エレイン王妃陛下の婚姻で君を見て、あっちのほうが顔がいい。あっちは国王で、エレインはいい暮らしをしている。庶子で田舎姫のくせに許せない！　と腹を立てては婚約者になったユアン殿に当たり散らしてるそうなんだよ」

「なんだそれは」

むかむかとしたものが胃を煮立て、アデラールに不愉快さを覚えさす。

ただ運よく王族に生まれ、正妃の娘として甘やかされたのだろう。そして自分が唯一絶対だとなんの根拠もなく妄信した挙げ句、エレインの権利も立場も、果てには婚約者も奪い、貶《おとし》め、そうすることで顕示欲と肯定感を満足させていたと考えるに容易い。

「ふざけたことを」

「まったくね。だから『エレイン王妃陛下はアデラール陛下に溺愛され、これ以上ない暮らしをされております』と向こうの外交大使に伝えてきたよ。だから今頃はもっと怒り狂ってるんじゃないかなあ」

実に楽しげにディディエが言う横で、ギースがあきれと哀れみをない交ぜにした顔をする。

人好きで、それ以上に女好きのディディエは、だからこそ、相手が一番嫌がることをも熟知しており、気に入らない女性に対しては、精神的にとことんひっかき回し怒りを煽り立てるという悪癖を持っているのだ。

だが、今回に関してはよくやったと褒めてやりたい。

アデラールは王族であるのに義務を果たさず、権利という甘い汁ばかり貪る輩《やから》が大嫌いなのだ。

「それにしても、ブリトン王国では薬師の地位が随分高いのだな。辺境伯から庇護を受けたということは養い子も同然に育てられたのだろう」

王女と生まれながら人に知られず長じたエレインが、貴婦人としての所作を身に付けていることや、芸術や学問にも明るいことから、貴族としての教育をきちんと受けただろうことは悟れた。

「それについてなんだけどね。ちょっと気になることがあって、ノーサンブリア、それからアルバにまで足を伸ばしていたから遅くなったんだ」

「ブリトンと対立関係にあるアルバに？　なぜ」

今は交戦状態でないが、つい十八年ほど前まではブリトンと戦争していた国だ。

「エレイン王妃陛下の出生……というか、母君の出自について引っかかる話を聞いたんだ」

そういうと、ディディエは応接用のソファから立ち上がり、わざわざアデラールの側に来て声を潜ませる。

人払いしているのにずいぶんなことだ。と、相手の芝居がかった態度に呆れていたが、その呆れは彼から話された〝真実〟によって吹き飛ばされたのだった——。

アデラールと結婚して二ヶ月が過ぎたエレインだが、いまだに自分の立場をどう捉えればいいのかわからずにいた。

◇◆◇

(借金代わりの人質……だと思っていたけれど)

人質にしては待遇がよすぎるのではないだろうか。

毎日のように思わされる疑問を胸に、エレインは視線を室内へ向ける。

居間と寝室だけでなく、ちょっとした客を迎え茶を楽しむことができる応接室に、手紙や招待状を書く時に使う書斎、化粧用の小部屋に、蛇口をひねればお湯が出る浴室まである部屋は、下手な邸宅より設備がよい。

それだけではない。

室内はいつだって掃除が行き届いており、毎朝、薔薇や季節の花がふんだんに飾られる。

居間にあるテーブルの上に置かれた銀の菓子入れには、小腹を空《す》かせた時の為にと、中に果実のジュレを詰めたチョコレートや、すみれの砂糖漬けなどの菓子が入っており、お茶が欲しかったり、手を貸してほしいことがあれば、部屋のあちこちにある呼び鈴を鳴らすだけで、隣室に詰めている侍女がすぐ駆けつけてくれる。

部屋の主が心地よく過ごせるよう、最高の気遣いをもって整えられた室内は、けれど離宮での慎ましい暮らしに慣れたエレインにとって、少々居心地が悪い。

結果、ついつい窓辺の長椅子に場所を占め、庭を眺めてはこれが夢ではないことに溜息をつく。

とはいえ満足や歓びからのものではない。

確かに、自分で部屋を掃除しなくてもいいのは楽だし、誕生日や特別な記念日でもなく菓子がつまめるのは嬉しいが、一日、二日と時間を経るごとに、なんだかそわそわしてしまう。

(こんなになにもしなくて、いいのかしら)

疑問に思いつつ庭へ視線をやれば、今が盛りの蔓薔薇を刈り込んで作られた迷路が見えた。

もうすぐ初夏である熱月《ねつげつ》となるためか、白や水色といった涼しげな色をした日傘を差し、朝の散策をする貴族の令嬢の姿が目立つ。

それらを見ながら、つい落としかけた溜息をあわてて呑み込み、エレインは長椅子の背に腕を預け、その上に顎を乗せつつ考える。

(本当に、いいのかしら)

チクリと痛む胸を片手で押さえ、エレインは楽しげな庭から窓の桟へとさりげなく視線を移動させる。

どうにも慣れない。そして申し訳ない。

自分のようなものが王妃となって本当にいいのだろうかという疑念が、エレインの息を苦しくさせる。

未来の辺境伯夫人として一通りの礼儀作法や領地や城の管理に関する教育を与えられていたものの、王族としての教育はまったくされておらず、王女とは名ばかり。

——その上、庶子、田舎姫と呼ばれ蔑まれてもいた。

ふと頭をよぎった考えが、エレインの口を苦くする。

そう。庶子。

認知はされているから王女として記録にはのこっているのだが、王位継承権についてはないに等しい。

アデラールに正直に話したほうがいい。

彼が人質として求めたのは、おそらく本当の意味での〝王女〟——つまり、王位継承権を持つ女子だ。

でなければ人質としての意味がない。

金を返さなければ王位継承権をもつ妻を理由に、次の王を決めるという国としての最重要課題に口を出すぞと脅す為、王女との結婚を求めたに違いない。

病弱な弟に万が一のことがあれば王女が産んだ男児を理由に王位を要求できる。

交渉で金か、王位かと迫って圧力を掛ける。それを狙っての〝結婚〟だっただろうに。

（私は庶子だから、異母妹であるエレンほど継承権は高くない。どころか認められるかも怪し

い）

もちろん、王の子として認知されている以上、王位を要求することはできるし、ロアンヌほどの大国であれば、実力を持ってその差を覆《くつがえ》すこともできる。

だがやはり、正妃から生まれた正当な王女やその子を王にするのが順当だろう。

長女と言っても庶子で、母親は対立するアルバ王国の貴族――いずこかの血盟《クラン》――出身だろうが、すでに追放され除名された人。

つまり、王位を要求すれば問題を引き起こすだろうことは考えるに容易い。

逆に、アデラールがエレインの真実の立場を、庶子であり王女とは名ばかりであることを知らぬまま王位継承に口を出せば、両国の関係が険悪になるだろう。

その果てに戦争などという事態となったら、目もあてられない。

（この待遇は……、どう考えても王女の、私ではなくエレンに相応しいもの）

なに不自由なく王宮で生まれ育った姫にこそ相応しい待遇だ。

間違っても、田舎姫とよばれ離宮の端へ追いやられ、やることと言えば社交ではなく薬草温室の世話――という、名ばかりの王女に対する処遇ではない。

身に過ぎている。

一度ならず二度、三度と、さりげなくアデラールに伝えたものの、相手はそれを立場によるものではなく、慎ましい性格から来た謙遜と受け取り、まったく理解している様子はない。

どうかしたらエレインのために使ったお金のほうが、借金より高いのではないかと恐縮しつつ告げたこともあるが、アデラールによると借金の額自体、国家予算全体からみれば大したことのない額らしい。

確かに王位についたばかりの頃は、先王の散財という置き土産のせいで財政的に苦しい部分もあったが、無駄を省き、先王に侍っていた貴族らから領地を取り上げ放逐し、貧しい農村地帯に対しては食料庫を開放し、商人が来るように交易路の警備を強化し、と矢継ぎ早の政策が功をなしたのか、あるいは天の恵みで豊作だったためか、一年で回復し、今後はもっと豊かになることが見込めている。

王室費についても同様で、無駄な美術品や宝飾品を始末し、事業や海外への投資に回したら三倍以上になって戻ってきたという。

だから王妃――エレインのために多少の贈り物をしてもまったく懐は痛まない。どころか商人や職人に対し金を回せるので有益なことだと言われれば、もう黙るしかない。

さすがにそこまでいくと、エレインが多すぎる贈り物に困惑しているのでは？　と気付いたらしい。

毎日のようにドレスや宝石といった品を贈られることは減ったが、その分、不自由させないよう部屋のしつらえは常に完璧だし、侍女たちは、エレインのわずかな仕草も見逃さず仕え、部屋の主から命じられることを今か今かと笑顔で待ち構えている。

王妃となる方なので当然です、と侍女頭のカロルは口にしエレインにそっと耳打ちしてきた。

皆、王妃部屋付きということで、仕事がなくてよいなどと他の部署の侍女らから嫌味を言われ憤慨していたところなのです。と。

なるほど。王妃部屋付きといっても、肝心の王妃――つまり王が妻を迎えなければ、やることは部屋の掃除ぐらい。

手が空いて他の部屋付きのところに手伝いに行けば、暇でいいわねとうらやましさと嫌味が混じったぼやきを聞かされ、うんざりしていたというのだ。

だから、やっと主が来て、正しくお仕えできることが楽しくて仕方ないのだとか。

あげくエレインの遠慮をやんわりと諭し、もっと甘え頼られてくださいと胸を張るものだから、自分でできることは自分でやりますとも言い出せない。

――早くアデラールに伝えたほうがいい。

頭ではわかっているが、この結婚が恋愛によるものでないことが決心を鈍らせる。

実際、もう、二人の関係は〝白い〟とは言えない。

アデラールに抱かれた翌日の夜、恥ずかしいのを堪えつつアデラールに〝初夜がなかったから、ずっと形ばかりの妻でいるのだろうと思った〟と伝えれば、怒っているような、それでいて困っているような変な表情をされて。

――エレインは、船の上で初夜をして欲しかったのか。男しかいない上に、防音もさほどではない場所で。あんな声を上げて抱かれたかったと？

と拗ねた口ぶりで聞かれ仰天してしまい、違う違うと連呼した。

つまり、アデラールはもとから船の上ではエレインを抱くつもりはなかった。

逆を言えば、王宮というきちんとした場所で、王妃の寝台で初夜をと考えていた様子で——

そのことにも混乱する。

白い結婚と思い込んでいたが違う。ならその理由はなにかと考えれば、やはり継承権を持つ王女の伴侶となったことを、既成事実とともに知らしめ、次代の王が誰かという話に口出しできる立場となりたかったとしか思いつかない。

だとしたら早く、自分の立場を——庶子であり、王位継承権がかなり低いか、最悪、ないものとされているだろうことを伝えなければ。

（私に継承権があるか、あるなら何番目かぐらい、きちんと把握しておくべきだったわ）

もともと次の王に、ブリトン女王となる気などさらさらなかった。

仮にあったとしても、女児の継承権は相手が王族でない限り、結婚で降嫁した次点で抹消される。

いずれ婚約者のユアンと結婚して、辺境伯領夫人となるのだし、その次点で王位が消えるなら自分の継承権がどの程度か把握《ぱ》するなど、まるで意味はない。そう思って調べずにいたのだ。

なのに現実は、エレンが横惚れしたことによってユアンから婚約破棄されたあげく、他国の王に嫁いでいる。

（このまま、王妃、いえ、王后となるのはよくない）

アデラールに対する裏切りどころか、民も、われらが英雄王の妻には仮初めの王女ではなく、本物が欲しいだろう。

（早く、アデラール様に話をしないと）

だが、話すことで嫌悪されるかもと考えると、怖い。

どうして怖いのかわからないが、アデラールに突き放されたくない。

おかしな考えだ。

最初は白い結婚――なんの交わりも持たない、形ばかりの関係であって欲しいと願っていたというのに。

（……アデラール様が、優しすぎるから）

自分の問題だとわかっているのに、つい八つ当たりをしてしまう。

愛も恋も関係ない。ただ、国の契約を保証するためだけの妻など、もっと放置しても、なんなら粗略に扱ったとしても、だれもアデラールを悪く言わないだろう。

なのに彼は、まるで心から恋しくて妻にしたのだと言わんばかりに、エレインによくしてくれている。

会議だ、訓練指揮だ、視察だと忙しい中、日に何度も足りないものはないか。気持ちよく過ごせているかとメモや侍従を遣いに寄越《よこ》し、時には自分から脚を運びさえする姿は、妻に甘すぎる夫そのものだ。

それが交渉の切り札を大切にしているだけの話でも、あるいはどんな形でも結婚した伴侶には誠実に尽くすべきと考える、真面目かつ誠実な人柄ゆえのことだとしても、いままでずっと阻害されるか無視されるかの日々をすごしてきたエレインには嬉しすぎることで――。

つらつらと続いていたエレインの思索は、けれど背後から名を呼ばれたことで霧散する。

「エレイン様」

王の妻となったのだから、本来なら王妃陛下と呼ばなければならないのだが、エレインが慣れず戸惑うことや、まだ王妃としてのお披露目――王后戴冠《おうこうたいかん》の儀が執り行われていないことから、侍女たちにエレインと呼んでほしいとお願いしているので、侍女の誰か。多分カロルだと思いつつ振り返る。

「なにかありました?」

他の侍女に対するものよりやや砕けた口調で問うと、カロルはひょいと肩をすくめて告げた。

「国王陛下が、お茶を一緒にどうかとお誘いです。先ほどからお伝えしているのですが……」

「まあ。ごめんなさい。そんな時間だったなんて」

見れば、日傘を差し歩く令嬢らの姿は消えており、庭園の隅にある休息所のほうからは、お茶会を開いているであろう娘達の楽しげな笑い声が聞こえていた。

「裏の森の東屋《あずまや》で待っているとのことです。……断られないでくださいね。エレイン様。今朝も食が進んでなかったでしょう？　この際、甘いものでもいいから口に入れてくださいまし」

口調は母親が娘を叱るそれなのに、心配げに眉を引き下げた表情がカロルの内心が読み取れた。

側仕えのものに、こんな顔をさせるようではいけないと気合いを入れたエレインは、けれど自分がまだ部屋着のままだというのに気付いて赤面する。

「あ、そ……そうでしたね。しかも私、着替えもしてなくて。あの、お待たせしてしまうのだけど」

赤面しつつカロルに言うと、彼女は器用に片眉を上げたのちにしたり顔で笑みを見せた。

「それでも構わないとの仰せです。午後に予定されていた来客の船が遅れてるとかで時間が空いてるからと」

うれしい。アデラールとゆっくり話せるなんて思ってもみなかった。

ぱっと顔が輝くのに気付かぬままエレインは心躍らせ、すぐにどんな格好で行けばアデラールに好ましく思ってもらえるのかと慌てふためく。

しかし、そんな主の可愛《かわい》い悩みを先読みしていた侍女らは、とっくに必要なドレスも日傘も用意しており、隣の部屋で今か今かと待ち構えていた。

小一時間ほど使って着替えを済ませると、いつもお茶をする中庭や前庭のほうではなく、裏のほうへ案内されただし、エレインは不思議に思う。

裏になにかあっただろうか。

王族のみが使える私的な庭や厩舎《きゅうしゃ》、あとは下働きが食べるためのちょっとした菜園があるほかは、王の狩猟場へ続く森ばかりだと聞いていたが。

なにしろロアンヌ王国の宮殿ときたら、ブリトン王国のそれの数倍はあり、案内が着いても見て回るのに四日はかかるというもの。

エレインも一応は案内されていたが、正面部分にあたる本宮とそれにつながる左右の翼棟のみで、侍女や侍従より身分が低い使用人たちが使う裏――東離宮と北離宮のほうは、まるで知らない世界だった。

行儀が悪いとわかりながらも、エレインは物珍しさできょろきょろしてしまう。

白いシーツが一斉にはためく洗濯場に、馬車用の馬を散歩させる運動場。

一番興味を惹かれたのはやはり菜園で、縦縞《たてじま》模様さながらに整えられたうねの上に、ふくらみはじめたキャベツがボタンのように並んでいるのがかわいらしい。

ほかにもかぶや人参《にんじん》、タマネギといったよく使う野菜が少しずつ植えてあり、足りなくなった時にさっと採って使うのだろうなと知れた。

もちろん、畑の端には薬草園もあって、薄荷や月桂樹《げっけいじゅ》、パセリなどが植えられていたがそれぐらいで薬草用というより、調理用のものが目立った。

もともとロアンヌ王国はさほど薬草学に明るくないのだと聞いていた。

というのも、近くに教皇庁という一大医療国家があるため、育てて作るより輸入したほうが早く、品質がよいものが手に入るという地理があることと、ブリトン王国と違い、教育に力を入れてきた歴史から医師の数も多く、わざわざ薬草に頼るよりはそちらで見て貰うほうが早いのだとか。

さりげなく侍女に聞いたところ、町中に薬草店はあるがブリトンのように行けばなんでも揃うということはなく、せいぜい、腹痛や頭痛といった日常的で命に関わらない薬か、医師が必要とする薬種を用意しているぐらいで、ブリトンのように病院代わりに利用する者は本当に貧しい人々ぐらいではないだろうかとのことだった。

それを寂しく思うと同時に、だからこそ薬師として香草や薬草のよさを広めたい。お茶を飲むことで日々健康に過ごせたり、気分転換になることを伝えたいとも思うのだが、王妃という立場では難しい。

贅沢で何一つ不自由のない暮らしというのは、案外退屈なものだなと、手持ち無沙汰の思いで日々を過ごすうちに、どんどんとエレインから快活さが失われていることに、本人だけが気付いていない。

久々に活動的な気分になって、今夜はアデラールが来るまで薬草の本を読み切ろうと心の中で決め、顔を上げた時だった。

約束していた裏庭の東屋についており、そこではいつも通り、一筋の乱れもなく軍服を着こなした美貌の夫が待っていたのだが、なにかおかしい。

なんだろう。と首を傾げ東屋の中を見ているうちに、エレインはあっ、と声を上げてしまう。

——お茶の用意がされていない。

(どういうことかしら)

お茶をしようと呼ばれて着てみれば、茶菓子はもちろん紅茶のポットすら見当たらない。いつもならエレインを喜ばせようと、大理石のテーブルの上に並びきれないほどのお菓子と花で飾り付けているというのに。

わからず小首を傾げていると、そんなエレインがかわいいといいたげな笑顔でアデラールが微笑み、にわかに心臓がうるさくなる。

結婚して二ヶ月。

月の触りがあるときや、アデラールが視察で不在の日を除けば、ほとんど毎日肌を重ねているというのに、何度見ても、彼の笑顔にはときめいてしまう。

まるで自分だけが彼の世界にいるようで、唯一の女性と思われているようで、嬉しい反面、もったいないことだと恐れ入ってしまい、どうしていいのかわからなくなる。

いつも通り、照れ、はにかむのがやっとなエレインを前に、アデラールは気を悪くするでもなく腕を伸ばし、あっと声を上げるまもなくエレインの手を捕らえてしまう。

「少し歩こう。見せたいものがあるのだ」

「……はい」

おのずと紅潮していく頬を見られるのが恥ずかしく、俯きがちにうなずく。

そんな初々しい反応さえ、アデラールにはたまらないものだということすら気付かずに。

アデラールにされるまま手の指を絡めしっかりと繋ぐと、侍女たちがふふっと微笑ましさを喜ぶ笑いを漏らすのが背後に聞こえ、ますます身を赤くするが、アデラールはまったく構わず、どころかより上機嫌になってエレインと並んで歩きだす。

初夏にさしかかってはいるが、建物の陰と狩猟用の森に挟まれた裏庭は涼しく、散歩には丁度よい。

東屋があるところから先は王族の私的な庭となっているらしく、侍女や侍従は着いてこず、ギースを初めてとした三人の護衛だけがお供をしていた。

十分ほど歩いただろうか、周囲の空気を緑に染める森の木漏れ日の中に、きらきらと輝く白い光が混じるようになってきた。

(なんだろう……)

自然のものとは違う、硬質的で透き通った光に目を細めるが、アデラールは気にした風でもなくそちらへ近づいていく。

突然視界が開け、白い反射光がエレインの周囲を輝かす。

まぶしさに目を細め、瞬きを繰り返すうちに光の元である建造物の輪郭が浮き立ちだし、エレインは驚きに目をみはり、知らず口に指先をあてたまま声を失う。

「これ、は……」

ようやくの思いで声を出し、震える足に力を入れて立っていると、アデラールが繋いだ手を優しくほどき、そっとエレインの背へ添える。

「三代前、俺の曾祖母《そうそぼ》に当たる太皇太后は蘭《らん》が好きでな。異国の品種を育てるためにここを作らせたそうだが。……気に入ったか」

穏やかな調子で説明されたが、半分も耳に入らない。

エレインはもう、目の間にある硝子の建造物――温室に心を奪われきっていた。

磨かれ抜いた水晶のように透き通った硝子。

本体となる長方形の外側には、南国の椰子や棗《なつめ》といった目隠しの植物が植えられ、その奥には薔薇から始まり、蘭に百合、プリムローズに三色すみれの寄せ植えと、数え切れないほどの花が収められている。

本体より小さな後部は薬草温室らしく、エレインが見知っているカモマイルやミント、ローズマリーらしき葉陰が見える。

どうやら温室だけというわけではなく、端のほうには白い漆喰《しっくい》の作業室が備わっており、そこに煙突があることから暖炉や煮炊き用のコンロ、調理器具、農機具を納める納屋が入っている模様。

（すごい）

ブリトンの王立大学院でも、これほど整った温室は持っていないだろう。

それを前に気に入ったかなど、聞くだけ愚かな話である。

エレインは感動に唇が震えて上手く言えず、もどかしさと興奮から、自分がなにものでどうしてここに居るのかも忘れ、側に立ち、様子をうかがっていたアデラールに抱きついた。

「素敵です！　とっても、すごく素敵！　こんな場所が王宮にあるなんて、とっても素晴らしいことです！」

抱きついたまま、歓びを笑顔に変えて笑いを漏らす。そのままアデラールを見上げると、彼は一瞬だけ驚いた表情を見せ、ついでエレインを手放さないという風な勢いで抱き返し、たまらないなと呟いた後で、上機嫌この上ない笑顔を見せる。

「ブリトンで薬草温室の手入れを熱心にしていたと聞いたし、よく薬草の本を読んでいたから、好きかもしれないと思っていたが、こんなに喜ぶとは思わなかった」

こんなことなら、もっと早く手入れをさせてエレイン用に仕立てるべきだったと独りごちて、続ける。

「気に入ったようでよかった。……今日から、この温室はエレインのものだ。好きに使うがいい」

「本当ですか！」

アデラールに抱きついていることも忘れ、うさぎか少女のように小さく跳ねて喜ぶ。

「ああ、ああ！　なんて素晴らしいの。これを、こんなにすごい温室を使っていいだなんて！」

嬉しい。こうだったらいいのにと想像した温室が存在し、しかも自分が好きに使っていいと言われたことはもちろんだが、アデラールが本当にエレインが喜ぶことがなにかを考え、手間をかけて用意してくれたというその気遣いが胸を震わす。

――ああ駄目だ。いずれ別れる時に辛くなるから、好きになっちゃいけないとわかっているのに、どうしようもなく心がアデラールを求め、好きだと繰り返す。

肌を重ねたから情が移ったというのではない、宝石やドレスをくれるからではない。

本当にエレインがなにをしたいか理解し、その上で許してくれる度量の広さや優しさ、相手を大切にしようとする誠実さがたまらない。

歓びと嬉しさの波に心を満たし揺らされながら、エレインは自覚する。

――アデラールが好きだ。この人以上に好きになる人なんてもう現れない。

いずれ離婚することになっても、アデラール以外の誰かと恋することはない。それほどに彼を愛している。

春の嵐のように華やかに恋の花びらを散らし舞わせる想《おも》いの中、一抹の切なさを感じ、せめて今このときだけでも彼を放したくないとしがみつく腕に力を込めた時だった。

「エレイン……」

いつになく真剣な声色で名を呼ばれ、はっとする。

いけない。気持ちの昂ぶりに負けて彼への好意を隠さずにいた。それではアデラールも困るだろうに。

そっと腕の力を緩め、おずおずとした動きで身を離そうとするが、どうにも上手くいかない。

なぜだろうと疑問に思い己を見れば、しっかりとした腕が背にも腰にも絡まっていて、いましもアデラールがエレインの首筋に顔をうずめようとしているところだった。

「あ、アデラール様？」

肌を撫でる黒髪のくすぐったさに肩をすくめつつ、相手の名を呼ぶが、それ以上、エレインになにか言わせまいという風にアデラールが口を開き耳元で囁く。

「好きだ」

これは夢か幻聴なのだろうか。アデラールも、私を好きだなんて。

たった一言が、甘い毒薬のように耳から血へ滲み体中を歓喜に震わす。

「アデラール様、が、好き？」

誰を？　と確信を得たがるずるい心が呟かせる前に、彼は答を返す。

「エレインが好きだ。離したくない。一生側に置いて、俺の妻として生きて欲しい」

「え……」

貰えると思わなかった言葉を次々に繰りだされ、頭に血がのぼりすぎてぼうっとしてしまう。

アデラールが好きだと。妻として側にいてほしいと望むなど。

「で、ですが。その……私は、いわば借金の身の代として嫁いだ身で、白い結婚で、いつか離婚を……するものと、ばかり」

信じたい。だけど信じることで傷つきたくない臆病な自分が足枷《あしかせ》となっている事情を口にさせる。

けれどアデラールはためらいもなく頭を振り、変わらずの笑顔で告げた。

「俺たちの始まりはよくなかった。エレインの国との問題も解決しなければならない。だが、俺はもうエレインを手放したくない。いや、手放せない。それでも離婚したいというのなら、誰も知らない秘密の部屋に閉じ込めて、俺だけのものにしてしまいたいほど、おかしくなっている」

迷いない真っ直ぐさと切なく重い執着を一緒くたに告白され、もう、どう答えていいのかわからない。

ただ、エレインも同じ気持ちだった。

いずれ離婚しなければならないとしても、もう、ロアンヌ王国から離れることはできないだろう。

たとえ会うことが許されないまま一生を終えるとしても、この人が王である国で生き、年を得て、その大地に眠れればとも考えた。

離婚せずともいい、側にいていい、好きだと続けられて、断るほど力のあるものは、もうエレインの中に残っていなかった。

「私も、です。私も……一生をアデラール様の妻として生きていきたい」

王妃でなくともかまわない。ただの男と女として彼が好きだ。

一度はゆるみかけた腕に力を込めて彼に抱きつく。もう離れないという気持ちを乗せて。

アデラールもまた、息が詰まるほどきつい抱擁を返し、それからエレインの顎に指を沿わせ持ち上げた。

「やっと、本当のお前に出会えた気がする」

「え」

「王女でなく、人質の王妃でもない。……俺が惚れた女としてのお前の、一番輝かしく美しい姿を見られた。それが嬉しい」

エレインは照れつつ、〝そんな〟と変えそうとしたが、最初の単語を口にするより早く唇を奪われる。

甘く、切ないほど愛《いと》しく、情熱が流れ込んできそうな口づけを受け、身体が知らず歓喜におののく。

触れては離れ、離れてはまた触れる。

合間に上唇を舐め、下唇を噛まれと口づけだけではない刺激を与えられるごとに、鼓動がはやり顔どころか頭にまで血が上り、全身が徐々に熱くなっていく。

互いの吐息と唾液が混ざるにつれ興奮は高まり、甘くゆるやかな愉悦が目眩をもたらす。

たまらず薄く唇を開いたのと、膝が崩れたのは同時だった。

「おっと」

ふらついて身を崩しかけるも、アデラールが素早くエレインの腰へ手を回し、ためらいも揺らぎもなく己の腕に抱き上げる。

「きゃっ……もう！　いつも言っているじゃないですか。急に抱き上げられるとびっくりしますと」

護衛がいることに今更にして気付いたエレインが、真っ赤になった顔をアデラールの胸板に伏せて拗ねれば、それが可愛いと言いたげな仕草で彼はこめかみやら頬やらに接吻しだす。

「エレインが悪いのだ。そんなにかわいい仕草をして俺を煽るくせに、口づけすればすぐ蕩けた表情になる」

「と、蕩けた顔なんか……ッ」

していませんっと言って相手を睨もうとしたが、視界が潤んでいることや、頬のみならず耳や項まで真っ赤で、ぼうっとしているのは隠せない。

「……ッ！　もう。からかわないでください」

恥ずかしさと拗ねた気持ちから、またアデラールの胸へ顔を伏せれば、まるで幼子をあやすようにぽんぽんと後頭部を叩かれた。

「参ったな。お茶どころではなくなった。どうしてくれようか」

責めるような台詞を、実に嬉しげに言われてももう知らない。

エレインだって取り澄ました淑女として、お茶の時間を過ごせる気がない。

「陛下、どうかされましたか？」

少し離れたところを歩いていた護衛の一人が尋ねてくる。

いきなりアデラールがエレインを抱き上げたから、体調を崩したのかと心配したのだろう。

悪いことをしたと反省しつつ護衛たちが居る方を見れば、声をかけてきた新人以外は、皆、呆れた様子で肩をすくめたり、ニヤつきそうな表情を我慢しぷるぷると震えていたりで、すっかりなにがあったかご存じの様子。

（は、恥ずかしすぎる）

たまらず両手を覆おって羞恥に身を震わせていれば、エレインを横抱きにし立っていたアデラールが、なにごともなかったような調子で新人護衛に返す。

「大したことではない。王妃が少し日に当てられふらついただけだ」

「それは。……医務官を呼びに走りましょうか？」

まだ若い、少年といっていい護衛の心からの心配に、アデラールは気まずさを隠すようにこほんと咳払いでごまかす。

「いや、大丈夫だ。少し休めば治る。……ただ、お茶はやめておいたほうがいいだろう。用意してくれた侍女に謝罪を伝えてくれないか。残っている菓子は詫《わ》び代わりに食べていいと」

がっかりさせないよう配慮しつつ伝えれば、新人護衛が生真面目にはいと応じてから続ける。

「わかりました。では陛下は？」

「……妃に付き合って昼寝の時間とする。部屋まではついてこなくてもいいぞ。静かに休ませたいからな」

言うなりきびすを返す。

まったくエレインの意見を聞いてないが、聞かれても答えようがないので、問題はない。

ただ、護衛の一団とすれ違う時、近衛隊長のギースが調子っ外れの口笛を吹いたのと、昼寝と言いながら、アデラールが彼女をまったく休ませる気はなく、静かにどころか、甘く乱れた啼き声をたっぷりと堪能する気でいるだろうことは、服越しに伝わる彼の体温と力強い早足からわかりきっていた――。

第五章

「そんなに夢中になられると、相手が植物とはいえ嫉妬してしまうぞ」

からかいを含んだ声が背中から掛けられ、エレインは思わず飛び上がり、ついで振り向いてから相手の名を口にする。

「アデラール様！　いらっしゃったんですね」

忙しいと聞いていたので今日は無理かもと諦めていたので、その分、お茶の時間を空けてくれたのが嬉しい。

王妃としてきちんと上品な所作で迎えたいのに、アデラールに会うとついつい笑みがこぼれてしまう。

温室を贈られてから――互いに好意があり、夫婦として共にあることを望んでいると知ってから半月、ずっとこんな風だ。

温室を贈ってくれたことに感謝しているのもあるが、それ以上に彼がエレインが望むものを望むことを嫌がらず、逆に自分も楽しもうとしてくれているのが嬉しい。

ブリトン王国では、王族が土いじりなんてと顔をしかめられ、悪口の種にされてばかりいたので、こうして伸び伸びと過ごせることが、誰にも嫌がられないどころか興味深く見守られ、賞賛の眼差しさえ受けることが気恥ずかしくも嬉しくてたまらない。

(ギースさんを助けた話が、大げさに広まっているのもあると思うけど)

ロアンヌへ渡る船旅で、伝染病と疑われたギースが漆かぶれ——ようは、草の汁による湿疹《しっしん》だと見抜き、エレインが薬師の知識で癒やした話は、船乗りや護衛騎士らの口から侍女たちなどに伝わり、そこから貴族たちにまで賞賛すべき逸話として伝わっていた。

とくに、治療をされた当の本人であるギースなど、いまだエレインを〝癒やしの天使〟と呼んではばからず、それに乗る形でアデラールが〝我が妃は命を育てる緑の手を持つ聖女〟と吹聴《ふいちょう》するのだから、社交界と大して接点を持ってないにもかかわらず、エレインの評判は高く、薬師であることも善きことと受け入れられていた。

(まだまだ未熟なのに、大げさなのがすこし恥ずかしいけれど)

でも、アデラールが誇りにしてくれていることは嬉しい。

エレインはドレスの上に着けていたエプロンの泥を払って外すと、土いじり用の道具が収納されている銀の網棚にある綺麗なものと付け替える。

それから温室に備えられている小さな台所で、硝子でできた茶器にカモミールの花と薄荷、それに薄く剥かれた林檎の皮を入れてから、侍女が用意してくれていた湯を注ぐ。

残った林檎の実は厨房《ちゅうぼう》で薄切りにされ、タルト生地の上に薔薇状に並べ、たっぷりと砂糖をかけて焼いた――フィンヌ・オ・ポムというお菓子となって、卵白を泡立てて作ったマカロンや、女子修道院から贈られてきたカヌレなどとともに、温室の真ん中にあるテーブルに盛り付けられている。

だが、お茶の準備してくれた侍女らの姿はない。

彼女らは英雄王と王妃というより、お互いを慕いあう初々しい夫婦である二人の語らいを邪魔しまいと、すっかり心得た動きで姿を消していた。

きっと今頃はお菓子のあまりを持って、庭園のどこかで侍女ら同士のおしゃべりを楽しんでいるのだろう。

少し様子を見てみたい気もするが、温室の外側には、南国の植物である椰子や鮮やかな鳥に似た花を付ける極楽鳥花が、日よけや目隠しとなるよう交互に植えられており、王妃であるエレインの私事――趣味を勝手に覗けないよう配慮されている。

なので外から中を見ることはもちろん、こちらからも外が見えづらいのだ。

女の子同士、思うままの会話に花を咲かせるのも楽しそうだが、今のエレインにとってはアデラールとの時間のほうが大切だ。

なにせ臣下や騎士らはもちろん、民たちからも絶大な人気がある上、自ら動いて視察を行い現状把握することを好む行動的な王なのだ。

こういう問題があるので見てほしいと言われれば、時間が空き次第、関係者に面談したり時には現場を訪れたりするので忙しく、日中は顔を合わせることも難しい。

唯一の例外がこの温室でのお茶の時間ぐらいで、あとは夜になるまでか、どうかすると翌日のお茶まで顔を見ないこともある。

そんなに忙しいのに時間を頂いていいのだろうかと不安になり、一度だけ彼の側近で外交の達人と名高いディディエに相談してみれば、逆にいいことだと言われてしまった。

というのも、国が安定に向かって進む中、いつまでも君主が現場にでていては配下のものが萎縮して育たない。

それではアデラールになにかあった時、誰も問題を処理できず、折角《せっかく》築きあげた平和が瓦解してしまう。

つまり、アデラールに万が一が起こっても国に影響がでないよう、少しずつ部下に仕事を任せたり、適材適所に人を配置し権限を委任していくべきだと。

そうしたほうが、臣下や兵の信頼や責任感が増すのだとか。

休めといわれても休まないアデラールだが、エレインとのお茶の時間だけは守ろうとするし、時間に間に合わせるためには、どういう風に人に仕事を任せたらいいか、日々学び、成長中で
――大変結構なことらしい。

あんなに完璧に見えるアデラールでも、まだ学ぶことがあるのかと目を丸くしたが、ディデ

ィエに、王子には王子の、王には王のやりかたがある。エレインの薬師としての勉強も終わりがないのと同じだと言われ、なるほどと納得した。

逆に、王になったからで満足しているようでは〝英雄〟と呼ばれる傑物にはならなかっただろう。

そんな多忙な日々の中、自分との時間が少しでも癒やしとなればいいと願いながら、お茶を蒸らし、テーブルへ運ぶ。

王室認定の名工に作らせた硝子のティーカップに、ほんのりと紅がかった色のハーブティを注ぐと、林檎とカモミールの甘く爽やかな香りが湯気とともに昇り、最後にすうっと薄荷の爽快な香りが鼻孔を抜ける。

「ああ、これはいい香りだな。今までで一番好みかもしれない」

「味も好みに合うといいのですが」

うっとりとする微笑みを浮かべ好みだと言われ、エレインは照れつつお茶に使った香草《ハーブ》を説明する。

それから互いに今日会ったことを語りあいながらお菓子を摘まみ、お茶を口にし、笑いあう。

楽しい時間はあっという間で、一時間のつもりが二時間もお喋《しゃべ》りしてしまい、大丈夫かと心配になったが、誰も呼びに来ないので今日は余裕があるのだろう。

そんなことを考えていると、アデラールが席を立ったのでエレインもあわてて席を立ち見送ろうとする。

「どうでしたか、今日のお茶は」

「美味《おい》しかった。とても好みだったぞ」

いつも通りのやりとりに、やはり一番好みではないのかと少しがっかりしつつ、彼に付き従おうとすると、アデラールはそのままでいいと手振りでつたえ、エレインのすぐ隣へと椅子を動かしそこへ座る。

「アデラール様？」

「だが、やはり、エレインの香りが一番だな」

ぐいと肩を引き寄せられ驚くと同時にエレインは頬を上気させるが、アデラールはといえば、かまわずその首筋に顔を埋め、すんと肌の香りを嗅ぐ。

「……やっ、汗、が」

くすぐったさと恥ずかしさで首をすくめ、腕でアデラールを押すが、か弱い女の力で軍人として鍛えた男を押しのけられる訳がない。

逆に腰へと腕を巻き付けられ、ますます身体を密着させた状態で耳元から肩口へと鼻先を滑らせられる。

「んっ、あ……」

たまらず声を上げれば、アデラールは殊のほか楽しげに喉を震わせ告げた。

「林檎と薔薇とヒースのいい香りがする。今日のお茶にも林檎と花が入っていたから、きっと似てしまったんだな。だがこっちのがずっと俺をたまらなくさせる」

いけない香りだ。と咎める台詞を甘く官能的な声で囁かれ、エレインの身体がぞくんと疼く。こんなことで感じるなんてはしたない。

アデラールに抱かれるようになってからというもの、エレインは自分が日ごとに女となっていくのに戸惑いと恥ずかしさを感じていた。

アデラールが側にいるだけで心が勝手に意識しだし、身体が徐々に熱を持つ。

そうなるともうおしまいで、手が触れたり髪に口づけられる程度のことで心臓が早鐘を打ちだし、そわそわと落ち着かない気分にさせられる。

同時に、もっと触れて欲しい。いや、触れたいとの思いが膨らんで、どうにもならなくなってしまうのだ。

恥ずかしい、はしたないと理性で自分に言い聞かせるが、本能はまったく聞き入れたことはなく、女としてアデラールを、自分のつがいである男を求めてしまう。

今にも乳房が膨らみ、腹の奥が疼きだしかねない状況に、困り果てて身を捩るが、エレインが発情しだしたことを敏感に察知した夫は、離すどころかますます強く自分のほうへと引き寄せ、迷いない動きで耳朶に歯を立てる。

「あっ、や……駄目、です」

「なにが駄目なんだ?」

こんなのは夫婦なら当たり前といいたげな涼しげな態度に、ずるいと心の中で責めつつも逃れることができない。

どころか、耳朶から耳殻へと舌をそわされ、ゾクゾクとしたものが尾てい骨からうなじへと這《は》い上がり、身体の力が抜けていく。

「も、……こんなところで、そんなこと、しないで」

「そんなこととはわからないな。俺は、妻をかわいがっているだけなのだが」

もじつくエレインの姿に煽られたのか、ほんの少し熱を帯びた声で囁かれ、エレインはぼうっとしてしまう。

「小さくて綺麗な耳だ。こうして舐めるとぴくぴく動くのが、小動物のようで愛らしいな」

官能に熟れた吐息を耳孔へと吹きかけられて、意識するより早く身が跳ねる。

「ほら、うさぎのように跳ねた。もう一度してみせようか」

強く、弱く、からかうように吐息で耳をなぶりながら、舌は耳裏から首筋へと下がりだす。

「アデラール、様」

たまらず名を呼ぶが、相手は聞こえない素振りでドレスの襟元をはだけ、レースの縁取り越しに肌を舐める。

絹糸のさらりとした感触がしたかと思えば、次の瞬間、熱く滑るものが肌を濡らす。

非日常的な感覚に身震いし、力の入らなくなった手で相手にすがれば、ひどく嬉しそうにアデラールが笑う。

「もう蕩けた顔になりはじめているぞ」

「誰の、せいだと……」

膨れっ面をしてみせるが、それがますます相手を喜ばせるなどと考えもつかない。

「肌が朱に染まっているな。……温室だから暑いのか」

とぼけたことをいいながら、アデラールがエレインのドレスの背にあるボタンを外しだす。

ぷつり、ぷつりとくるみボタンが外されていく音に、先を知る身体が興奮し細かく震えた。

「だ、め……脱がさないで」

「だが、脱がないと暑いだろう?」

問われ、エレインは口ごもる。

全身が火照って熱い。だが、それは温室だからなんかじゃない。アデラールの悪戯のせいだ。

唇を軽く噛んで相手を睨むと、噛むな、と注意されるや否や、男らしい唇が押しつけられた。

驚きから引き結ばれていた唇が酸素を求めて綻ぶと、迷いのない動きで舌が口腔に押し入ってきた。

ひと息にぬるつく感触が奥まで入り込み、迷いためらうエレインの舌に柔らかく絡む。

優しくあやすようにすりあわせ、時々気まぐれにきゅっと絞る。

そうなるともうおしまいで、三ヶ月の間で身体に染みついた愉悦がじわりと肌に滲みだす。

アデラールが触れている場所がどこもかしこも熱い。

男の体温が服越しに伝わり、自分のものと同化していくにつれ、エレインの、身体から徐々に力が抜け、強ばっていた舌が柔らかく変化する。

くちゅ、ぬちゅ、と粘膜同士がすりあわされる濡れた音が淫らに響いて、鼓膜を震わす。

すると釣られたように肩が跳ね、腰も細かにわななき震える。

ボタンが外された背中からアデラールの手が入り込んできて、背や肩を撫でながら焦らすようにドレスを脱がせていく。

服を飾る絹やレースが肌を滑って肩や腕からいく。

そんな細やかな感触にさえ、どうしようもなく興奮しだす自分が恥ずかしい。

淫らな女だと思われないだろうか。嫌われてしまわないだろうかと懸念を抱いたのも束の間、次の瞬間、素早くコルセットが緩められ、胸を覆っている部位をぐいと引き下げられた。

たわわに実った果実が枝先で揺れるように、飛び出した胸の膨らみがふるんと揺れる。

その卑猥《ひわい》な様に目をみはれば、次の瞬間にはもうアデラールの唇に咥えられていて。

「ああっ、ッ……ぁ！」

ここが温室の中だということも忘れ、エレインは嬌声を上げる。

高い天井に自分の甘い啼き声が反響し、淫靡《いんび》な空気がいやましに満ちだす。

思わぬほどの音の大きさに驚き、アデラールにしがみつけば、そんな姿がたまらないと言いたげな強い力で抱きしめ返された。

ドレスはとうの昔に腰まで落ちていて、コルセットのリボンは解かれ足下へと投げ捨てられていた。

半裸なことに気付いたエレインが身を捩ると、こら、と優しく叱られる。

「なぜ逃げようとする」

「だっ、だって、だって」

全身を淡い桃色に染めつつ口ごもる。

ここは寝室ではなく温室で、しかもまだ日差しが明るい時間帯だ。

そんな中、素肌を晒して恥ずかしくない訳がない。

反論したいのと身を隠したいので混乱していると、しょうがないなと笑われて、軽々とエレインの身体が抱え上げられる。

「ひゃん」

変な声を漏らし驚いたのも束の間、気付けばアデラールの膝の上に座らされていた。

しかも、抱えられた時に足をばたつかせたせいか、ドレスが完全に脱げ落ちて、嵐で打ち散らされた花弁のように椅子の下を埋めている。

くらくらと目眩がしてくる。

誰も来ないとわかっていても、こんな明るい場所で裸をさらしていることに。

羞恥に耐えきれずアデラールの胸元に顔を伏せれば、彼もまた温室の熱気以外の理由から胸元をくつろげており、エレインの頬が肌にふれやすいようにと、ついにはシャツも軍服も脱ぎ捨ててしまう。

あまりの早業に言葉を失う。

初夜の時は初めて同士だったのに、いつのまにかアデラールのほうがずっと上手になっている。

この頃では、与えられる愛撫のままにただただ愉悦に溺れる自分とは逆に、アデラールはエレインの痴態を目で楽しむ余裕さえあるのだ。

年の差とか、男女の差だと言われればそれまでだが、一方的に乱されてばかりなのがくやしい。

たまらず、負けてなるものかとアデラールの胸板に歯を立て吸い付けば、うっ――っと小さく呻く声がした。

(感じている？　アデラール様も？)

ただ癇性《かんしょう》のままに甘噛みしただけなのに、彼にとっては悦をもたらすものなのか。

そうわかった途端、好奇心がどんどんと膨らんで、もっといろんなことを試してみたくなる。

そっと舌を沿わせ、滑らかで少しだけ塩の味がする肌をつうっとたどり、首筋に吸い付くと、また〝こら〟と甘く叱る声がして、あやすように首筋を指でくすぐられた。

たまらず身を竦《すく》めつつ相手を睨むと、蕩けそうな笑顔でアデラールが言う。

「困った子猫だ。こんなに俺を煽るとは」

「煽ってなんか……」

いない、と言おうと思ったが、伝えたところで彼が納得するかは別である。

だからエレインは、もっとアデラールを困らせてやろうと身を擦り付け、首筋から耳元へ、そして耳朶へと歯をたてて小さな声で好きと囁く。

困って、恥ずかしくなればいい。裸にされた仕返しだと、拙い愛撫を繰り返す。

「ッ、く……。本当に、俺の子猫は悪戯好きで……かわいらしすぎる」

「きゃあ」

腰を強く掴まれたと同時に男の逞しい太股がエレインの膝を割り開き、まるで馬にまたがるような格好で脚に座らされる。

広げられた股間の中心で、熟れ、膨らみだしていた秘裂がくぱりと開く。

途端、甘酸っぱい蜜の香りがそこらに漂い、エレインはのぼせそうかけてしまう。

見るどころか触らずとも、そこがすでに蜜で潤っているのがわかる。

身じろぐごとにぬるつく割れ目が恥ずかしくて、先ほどの威勢もどこかへ吹き飛んで、ただしゃにむにアデラールへ抱きついた。

「やっ、見ちゃ、だめぇ」

王妃としての礼儀もなにもない、甘ったれた幼女の声で訴えるが、相手は含み笑いに肩を揺らすだけでまるで聞いていない。

「本当に、俺をどうするつもりなんだ。どこまで骨抜きにしたいんだ」

笑い声の合間にひとりごちると、アデラールは胸を弄っていた指をそろりと下腹に下ろしだす。

「だっ、だめっ、本当に……っ、ん、ああっあ」

黄金の茂みにくぐった指は、迷うことなく恥丘に埋もれる小さな芽をさぐりあて、トントンと節をつけて叩きだす。

「いっ、あ、ああ、あ……ああ、あ」

女体の中でもとくに神経の凝っている場所を刺激され、エレインの身体は男の指に操られるようにして跳ねる。

小さな稲妻が宿っているようだ。包皮に男の指先が触れる刺激が強すぎる。

身を捩ることで快楽から逃れようとしても無駄で、先を読んだアデラールの腕がしっかりと腰裏を支え抱いている。

「ふ……ぁあ、あぁっ、あ」

血管がどくどくと脈を打っている。

淫猥な刺激に内部から灼かれ、熱で身体が溶けてしまいそうだ。

呼吸は浅く急いていき、刺激に震える背が弓の形に反らされる。

寝台の上でするのとは違う不安定な姿勢は、心細さと不安を煽り、同時に支えすがる相手を
――男を欲しだす。

腕を伸ばし相手の首になげかければ、焦らすようにくるくると淫芽を転がしていた指が二本に増やされ、あっという間に薄い肉の莢《さや》が剥かれる。

びくんと身体が大きく跳ねた。

剥き出しになった秘玉は敏感で、空気が当たるだけで疼いて膨らむ。

たまらず尻をもじつかせれば、はっと息を呑む気配がしエレインは閉じかけていた目を開きアデラールを見る。

心臓が、一瞬、止まった。

晴れ渡った空のように透き通った蒼い瞳に、劣情の色が混じりほんのりと紫を帯びていた。

暗闇の閨では決してみることができない色と、艶めいた眼差しに腹の奥が切なく痺れた。

――こんな顔をして、私を抱いていたのか。

切なく、焦がれ、求め、同一となりたいと願いながらも、妖しくぎらりと光る視線が喰らい尽くしたいと獣性のかぎりで叫ぶ。

見ているだけで達してしまいそうなほど壮絶な色気にあてられ、エレインがほうと溜息をも

らした時だ。

とうに濡れそぼっていた秘裂の花弁がぬるりと撫でられ、ついで、力強い指使いで左右に開かれる。

「あっ」

うろたえ声を上げたのか、走る愉悦に喘いだのか、エレインにもうわからない。

ただ、滴った淫液を受けた指が、探るように秘筒の入口を撫でながら、じりじりと輪を狭め、膣内《なか》に近づいてくる。

「あ、あ……あ」

薄い淫弁がまとわりつく感触を楽しむように、時間をかけ、エレインが焦らし進んでいた指は、ひくん、ひくんと物欲しげにわななく秘裂から、たらりと甘露が垂れ落ちるのと同時に中へ差し込まれる。

「んぅっ」

大きな声を上げたくなくて、アデラールの肩に歯をたて声を殺す。

それが気に入らないのか、エレインの辛抱を試すように指は中を自由自在に泳いでは、感じるところを押しこねる。

ざらりとした腹側や、襞が収縮する裏側。入口をくちくちと捏《こ》ねて蜜音を響かせたかと思えば、次の瞬間根元まで含まされ、子宮の入り口付近をかすめ撫でる。

そのいちいちに呻きを漏らし、くふ、くふんと甘い鼻声を漏らしていたエレインは、けれど腹側にある一点に触れられ降参する。

「ひぁ、あああ」

「やはり、ここが一番感じやすいようだな」

目を眇《すが》め、いつもより低く腰に響く声で囁かれたが、まるで理解が追いつかない。

ただ、強弱をつけてへその裏にあるしこりを押し捏ねられる愉悦に息を乱し、アデラールにしがみついているだけで精一杯だ。

ぐちゅっ、ぶちゅっとあられもない蜜音が周囲に響く。

ガラス越しに差し込む光で浮いた汗が肌を伝うのにもぞくぞくし、アデラールの長い黒髪が乱れ肌をかすめると、それだけで腰が浮く。

あちこちが感じすぎてたまらない。

蜜窟の刺激が引き金となって、全身の神経を過敏にし性感帯に変えてしまったように、どこもかしこも疼きわななく。

「やあっ、や……だぁ。それ、感じ、過ぎ……ますっ……ぅ！」

頭を振りしだき、快感ゆえの涙を空に散らしながら訴え、指を引き抜こうとするがまるで赦してもらえない。

どころか、蜜口に二つの指で挟み込むようにしながらエレインの細い指ごとあてがっていた中指をも挿入し、弱い部分を押しこねはじめる。

「すごいな。食い締めてくる……ッ」

三本の指などアデラールのそれに比べれば太さも長さも可愛いものだが、骨が通っている分硬く、関節が曲がるごとに思わぬ場所が刺激され、もどかしい疼きに襲われる。

すでに指どころか手の平まで愛蜜で濡れそぼっており、足りず隙間から垂れた滴が、二人の手の下でそそり立ち、今か今かと挿入を待つ肉槍をしとどに濡らし艶めかす。

「あうっ、……う、あ、ああうン、ンンぅ」

精一杯に喉を反らし、金髪を背にゆらゆらと揺らしエレインは喘ぐ。

素肌の上に毛先が滑るささやかな感覚すらも愉悦へと繋がって、頭がどうにかなりそうだ。

午後の温室に淫らな熱と甘い女の蜜の香りが交じりだし、中を飛ぶ鳥の鳴き声にエレインの切羽詰まった喘ぎが合わさり、享楽に満ちた音楽を紡ぎ出す。

淫核を刺激される度に視界に白い光がちらついて、そこに熱帯の樹《き》からしなる大きな扇葉を透かし色づく緑の光が混じって視界を幻想的に染める。

まるで知らない島に流れ着いてしまったようだと思う。

溢れる緑と色とりどりの花に囲まれた温室は、箱庭の楽園のようであり、絶海の孤島のようでもあった。

不意に、この世に二人しかいないような感覚に囚われ、心許《こころもと》なさからアデラールにしがみつく。

するると、女の秘処から立ち上る蜜の香りと裸体に煽られたアデラールが、食らいつくように喉の柔肌に歯を立てる。

「ひっ……ああ、あぁ！」

逃げたいはずなのに逃げられない。否、快楽に溺れあがく頭とは裏腹に身体は淫らかつ素直に反応する。

反らした胸は乳房ごと男の胸板へと押しつけられ、二人の指を含む蜜窟はもっととねだるように蠕動《ぜんどう》を繰り返しては滴りをこぼし、甘酸っぱい香りで周囲の空気を淫靡に染める。

「だめっ、だめぇ……ぇ、ああ、い、達く……ぅ」

切羽詰まった甘声が唇からほとばしり、首をのけぞらすのと同時に腰がぶるぶると震えだす。

直接的で耐え難い刺激に頭が真っ白になり、視界のあちこちに火花が散る。

一度花開いた感覚はもう戻ることはなく、ただただ絶頂に散らされる瞬間を待ち望む。

濁流じみた愉悦に翻弄されながら、エレインははあはあと舌さえ出しながら必死に息を継ぐ。

まるで身体の制御がきかない。剥き出しの劣情に突き動かされるままに震え、喘ぎ、襲い来る快感にわななく。

気持ちいい。耐えられない。こんなにすごく感じるなんてどうかしている。

いや、これが本来あるべき快楽なのだろう。愛し愛されるもの同士、立場も身分もなにもなく、ただ生まれ落ちたままの雌雄となってつがい、求めている事実が、今までよりさらに官能を高めていく。

「ん、ぁ……あああっ、あ、やぁ……も、だめぇ。本当、に、だめえ」

全身がぶるぶると震え、脊椎がきしむほど背をそらしエレインは身も世もないまま限界を訴える。

乱れほつれた髪が汗ばんだ頬や肩に張り付き、とろりと蕩けた眼差しで最後の刺激を待ち望む女体が、どれほど淫らに美しく男の目に映るのかなど、まるで気付かないままエレインはいつしか自分からも指を差し入れ、己が蜜壁を刺激しだす。

けれど女の細指ではとても奥処までとどかない。

胸をかきむしりたいほどの切なさにわななき、腰奥がずくずくと脈動するのに乳房を揺らし、男の太股を挟む膝に力を込めて最後の瞬間を無意識にねだる。

「ひ、あ……も、嫌ぁ。指、止まらない、のぉ……。届かない、の……ッ」

喜悦の涙を盛んにこぼし、下の口からも愛蜜をあふれさせ、甘ったれたおねだりを口に上らすと、興奮した面持ちでエレインを見つめていたアデラールが、ごくりと喉を鳴らした後に力強く命じた。

「いいぞ。……達けッ」

言うなり膣に挿入していた指を力強く折り曲げ、ばらばらに動かし泳がせながら女の指より深い場所を掻き乱す。

長く骨張った男の指が中をこね回し、突き上げる刺激は強烈で、痛いほど背をそらしながらエレインは更に高く、淫らに啼いては、ぶるぶると全身を震わす。

なのに腰だけは別の生き物のようにくねり、もっと奥になにかを誘う。

ずっと膝立ちになっていた脚が震え、力が抜けた途端、含んでいた男の指先が子宮の入り口を突き、エレインは痛いほどきつく目を閉ざしながら、アデラールの肩に爪をたて衝撃に全身をかくつかす。

「ッ……あああああぁッ……あ、あ、アアーッ！」

突き上げる絶頂に長く尾を引く嬌声を上げ、エレインは性の階段を上り詰める。

途端、熟れきった子宮がいやらしく膨らみ、次の瞬間、大量の蜜を吹き出し収縮する。

「おっと」

法悦の緊張がふつりと途切れ、身体が脱力しふらつくと、アデラールが優しく抱き留める。

「指だけでも達せるようになったな。……いい子だ。ご褒美をやろう」

砂糖や蜜より甘い声に、隠すことない欲望を含ませ笑われた途端、彼がなにをしようとしているのか気づき、エレインは腰で逃げを打つ。

だがそれを許すほどの余裕は、もはやアデラールにない。

可愛い妻が婉容に乱れる痴態を見て、我慢できる男などいない。

引きかけた腰を捉え、指が肉に沈むのにも構わず掴み寄せるや否や、位置を合わせるのももどかしげな性急さで己の雄で突き上げる。

「ひ、あ……ッ！　あーっ」

派手な喘ぎ声が室内に散る。

だがそれを気にすることなどできぬままエレインはさらなる絶頂へと押し上げられる。

全身の神経が剥き出しになったように身体がビリビリとした快感で包まれ、どこもかしこも感じすぎてつらい。

なのに男を迎え入れた隧道《ずいどう》だけが、もっと、もっとといやらしくうねり吸い付き、喰い締める。

「きっ……っ。……くそ、熱くて、柔らかいのに、こんなに締め付けるなんて」

吐精の衝動をかろうじてやり過ごしたアデラールが、目を細めながらひとりごちる。

その低く官能を帯びた声にすら感じてしまい、エレインはもう、なにがなんだかわからない。

ただ、空虚だった奥処までみっしりと男根で満たされる多幸感に酔いしれ、唇をわななかすのが精一杯。

アデラールは、はっと気勢を吐くや否や、エレインの腰をさらに力強く握り直し、衝動のままに前後左右へと動かしては、蜜窟を肉棒でいじめ抜く。

だがそれも長くなかった。

こね回すだけこね回し、中にある淫らな蜜襞を刺激しつくすと、我慢できないとつぶやいて肉竿を抜けそうなまでに引き抜き、反する動きで根元まで押し込む。

「んぁああ、あ」

発情した猫じみた声を発しながら、エレインはまた達した。

強烈に穿たれた子宮口が歓喜に震え膨らみ、男の先端をねっとりとくるむのが自分でもわかる。

下から突き上げる力だけでも激しく感じるのに、自分の重さまでかかり、互いの恥毛が絡むほど奥処まで屹立《きつりつ》を呑み込んで辛いはずなのに、受け止めるのは愉悦ばかりで頭がおかしくなってしまいそうだ。

なのに身体はもっと密接に、もっと激しく愛する男を迎え入れようと震え、内部からも蠕動し、さらなる快楽を求め誘う。

——来て。もっと、もっと奥処まで深く、繋がって、愛して。

口にしたのか思ったのか分からぬまま、力の抜けた腰を無意識に男の恥骨へ押しつければ、それに刺激されたアデラールが、ああ、と感じ入った声を出し、むしゃぶりつくようにしてエレインの唇を奪い、舌を差し込み絡めては吸う。

生の肉棒が媚裂を押し拓く、ずりゅずりゅっとした感触がたまらない。

力尽くで押し開かれ、極太なものを飲まされ苦しいはずなのに、悦ばかりが身体に満ちる。

もはや自制することをやめたのか、アデラールが下からがつがつと腰をうちつけるごとに、子宮がどんどん降りていくのがわかる。

もうだめだと伝えたくて視線を上げれば、苦しげに眉を寄せ、薄く口を開き、快楽に耐える男の顔があった。

自らの放出を堪え、女を感じさせようと腰を急き立《せた》てる姿は、野性的でありながらも、どこか刹那に蠱惑的《こわくてき》で——ぞくぞくするほどの官能に満ちていた。

一人は、嫌だと思った。

達するなら一緒がいいと、同じところへ達きたいと心が震える。

エレインはおずおずと自分の意志で腰をゆらし、上下へはねさせる。

互いの動きは最初からさだめられていたように一致しており、一瞬で男根を根元まで飲み込み子宮口と鈴口がぴたりと重なる。

その瞬間の快感にアデラールが鋭く声を放つ。

「っ、く！」

切羽詰まった声に女としての歓びが煽られ、エレインはますます夢見ごこちに腰をゆらしだす。

するとアデラールの律動も激しくなって、ぬちゅ、ぐちゃっと、果実を潰すような音が響き、お互いの局部が一層密着する。

いやらしくはしたないことをしているのに、開放感がたまらない。

触れ合う部分から伝わる熱や感触が、心地よさを極限まで導いていく。

なのにどこか足りなくて、エレインもアデラールも、互いに大きく腰を浮かし、脈打つ肉竿を蜜孔深くへ埋める行為に没頭する。

自分ではどうにもできない衝動のまま身体を動かすうちに、まぶたの裏に白い光が弾け散りだす。

ああ、あと少しで二人の、二人だけの場所へいけるのだと思った瞬間、ぐい、と肉に指が沈むほど腰を掴まれて、がつがつと屹立を打ち付けられた。

子宮口をずくずくに貫かれる刺激は格別で、エレインは喉を反らして喘ぎ啼く。

「んあ、あ、ああ、……あうっ！」

空気ごと媚肉を攪拌《かくはん》する、ぐぷっ、ぐぽっ、という卑猥な音に合わせ、ただただ嬌声をはなっていると、どろりとしたなにかが子宮を大きく膨らます。

──来る。

知覚したのと、達したのは同時だった。

「ああっ……んなぁああ、あーッ」

発情した猫じみた叫びを放ちながら、エレインは裸身を反らして絶頂を得る。

蜜筒は喜悦にうねり、男から精を搾り取ろうと淫らに収縮する。

きたした身体が崩れ落ちる間もなく、アデラールは常にない強引さでエレインの腰を持ち上げ、下から力一杯に突き上げた。

自我が崩壊しそうな愉悦が怖くて、泣きながらアデラールに抱きついて、男の頭を乳房にかき抱いた時だ。

子宮口の形が変わるほど深々と貫かれ、身も世もないほどエレインは悶え気をやる。

と同時に、含む男根が悍馬《かんば》の動きで力強く跳ね、勢いよく白濁を吹きこぼす。

下腹部が爆発したような愉悦とともに、膣内でのたうつものが、びゅくびゅく震えながら吐精を繰り返す。

わななく蜜壷の縁から二人の体液が混じったものがしたたり落ちて、生々しくも愛おしい命の香りで辺りを埋める。

はあっ、はあっと舌さえだしながら息を継いでいたエレインが気を取り戻すと、これ以上ないほど優しく愛しげな手つきでアデラールが背中を撫で、甘い頬ずりを繰り返してくれていた。

第六章

（なんだか、すごいことになっちゃったな）

自室である王妃の部屋に備え付けられた化粧部屋から、窓の外を見ていたエレインは冷や汗を掻く。

王宮の正門からぐるりと囲む鉄柵に沿って、沢山の馬車が行列をつくっている。

どれも今夜の舞踏会に招待された客のものだ。

どういった経緯でかは忘れたが、つい一月ほど前、アデラールとのお茶会で誕生日についての話になった。

その時、ついうっかりと王女として祝われたことがないことを話してしまい、それに驚いたアデラールがどこをどう勘違いし、気遣ったのか、今度の誕生日——つまり今日だ——に、大々的な舞踏会を開くぞと決めたのだ。

確かに王女としては祝われたことはなかったが、王都に来る以前、つまりノーサンブリア辺境伯領で暮らしていた頃は、他の子ども達と合同とはいえ、城の大広間をかりきってのお誕生会が開かれ、みなに祝って貰えたし、お誕生会がお開きになった後は、辺境伯夫妻と元婚約者のユアンが個別に贈り物をくれたものだ。

といっても子ども相手だ。決して大げさな品ではなく、木彫りの腕輪だの綺麗なレースのリボンだのといった、日常的な雑貨だったが、それでも宝物だった。

だから大々的にする必要はないと伝えたつもりだが、アデラールはエレインの伝えたいところよりも〝元婚約者〟から〝誕生日祝いを貰った〟のが〝宝物〟だというのがひっかかったらしく、変な対抗心を燃やしながら、やることができたと温室から去って行った。

それから一ヶ月。

舞踏会を開催するにはあまりにも短期間であったが、それを見事に成し遂げた挙げ句、ドレスはもちろん、靴から手袋、はてには頭に飾る花や宝飾品まで新たに発注し、仕上げさせたのだから声もでない。

おまけにこの招待客の多さだ。

貴婦人、あるいは王女が社交界にお披露目される十六歳の時から三年近く王都に留められ、その間、正妃によって半ば存在を無視されていたので、まったく舞踏会に参加したことがないエレインにとっては、王都にいる貴族はもちろん、国賓まで招いての誕生会はやり過ぎだと思うし、なにより敷居が高い。

それはもちろん、女性として華やかな社交の場に憧れる気持ちはあるが、ちょっとこれはやりすぎなのではないだろうか。

途方に暮れて、ロアンヌ王国における勢力や政治の教師をも担う、外交大臣のディディエに相談してみれば、主役なんだから堂々としていればいいのです。と言われた挙げ句、『そもそも、陛下が溺愛するあまり、余人に見せたくないと公の場にだすのも遅くなってしまったぐらい』だと言われた。

なんでも、突然の結婚な上、異国から嫁いだ姫ということで、国内の貴族令嬢――とくに、アデラールの妻の座を狙っていた公爵だの伯爵だのの娘ら――に、意地悪されては困ると、生活圏が重ならないよう侍女や侍従に言い聞かせており、まだ妻は国に慣れてないからと、数ある誘いをことごとく握りつぶしていたらしい。

聞いた時は呆れたが、彼の過保護ぶりはそんなものではなかった。

なんと、エレインが知らぬ貴族と顔を合わせぬよう中庭の使用時間制限まで設けていたそうだ。

おかげでエレイン本人が知らぬうちに、王都中で英雄王の妻となった女性は楚々とした恥ずかしがり屋だとか、人前に出したくないとあの英雄王が懊悩するほど絶世の美女だとか、それはもう素晴らしい姫すぎて見たら神々しさに目が潰れるとまで噂された挙げ句、だから英雄王が手中の珠のごとく溺愛していると知れ渡り、他の令嬢はエレインを追い落とし王妃となることを諦め、方向転換し、今や誰がエレインの第一の友人になるか、王妃のお気に入りとなれるかを競っているのだとか。

完全に実像とかけ離れ、美化されきった噂を聞かされクラクラしたが、一人一人に顔を見せて訂正する訳にもいかない。

二週間ほど前から、アデラールの護衛隊長であるギースの妹や、外交大臣を務めるディティエの従姉妹など、側近の親類縁者とお茶会で顔合わせしてはいるが、本格的な社交はまだなので緊張する。

とはいえ王妃となるからには公務をこなすことは絶対で、どうすればいいのやらと途方に暮れているうちに、あっという間に誕生日が来てしまった。

溜息をつきつつ外を見ていると、着替えの準備をしていた侍女の一人が寄ってきた。

「王妃様、準備ができましたのでよろしくお願いいたします」

告げつつ、許可を与えるまもなく腕を回されコルセットを上半身にあてがわれる。

エレインはされるままになりつつも、いつも通り侍女をねぎらう。

「あ、いえ、こちらこそ……今日は大変でしょうけれど、よろしくお願いいたしま……ッす！」

だが、言い終わらないうちにきつく腰を絞られ息が詰まる。

「ッ、は、……き、今日はまた一段ときついですね！」

締め付けてくる力に負けないよう大声を出すと、まだまだ！　と侍女頭のカロルが担当の侍女に檄を飛ばす。

このままでは棒になってしまうのではないかと怖れつつ、必死で窓の横にある寝台の柱にすがり侍女の合図に会わせて、息を吸ったり吐いたりする。

背後で編み上げられた絹のリボンが、キシキシと音を立てるまで腰を絞られ、ふらふらになりつつエレインはぼやく。

「こんなに締め付けたら、脱ぐ時、ほどけなくなりませんか……」

だから緩めて欲しいと暗に潜ませてみるも、カロルはふくよかな自分の身体を棚に上げ受け流す。

「舞踏会のドレス自体に嵩がありますからね、これぐらいで丁度いいんです。大丈夫、小一時間も経てば慣れます。それに、女性には解けなくとも王妃陛下は困りませんでしょう」

いや、困りますといいかけ、カロルが本当はなにが言いたいのかに気づき顔を真っ赤にする。

途端、まだ若い侍女がきゃーっと黄色い声を上げ、それより少し年上で結婚している侍女らは、にこにこしつつも意味ありげな目配せを交わしていた。

――つまり、アデラールに解いてもらえ。ということか。

結婚して四ヶ月以上経ち、初夏も終わりとなってきたからか、周囲では〝あれだけ熱心なのだから、来年には王子か王女の顔を拝めるかも〟などと期待されているのだ。

それもこれも、アデラールがエレインにぞっこん過ぎるのがいけないのだ。

完全に八つ当たりだとわかりつつも、恥ずかしさのあまりそんなことさえ思ってしまう。

それでは肝心の夫はというと、実のところ、エレインの誕生日舞踏会が企画されてからこちら、仕事が多忙になってきて、なかなか会えない。

定例になっているお茶会も、会議が長引いて遅れてきたり、あるいは視察に出てしまい日が飛んだりしていた。

とはいえ、夫婦は夜、同じ寝台で寝るものと決めているのか、それともエレインの温もりが癒やしなのか、王宮に滞在しているときは、どんなに遅くなっても一度は寝室に戻ってきて、エレインの横で仮眠を取っているようだが。

(実のところ、その手の行為はちょっとご無沙汰なのに)

先に寝て居ていいと言われても、やはり少しなりとも顔を見て話したいという思いから、床に入ってもしばらくは読書や編み物をして時間を潰してまっているが、朝早くから起きる夫に合わせ早起きし、散歩、薬草温室の手入れ、王妃教育とエレインもそれなりに忙しく、ついつい寝落ちしてしまう。

結果、触れあいといえば抱きしめるとか口づけとか、そういう他愛ない恋人同士のようなものが主となり、肉の交わりはここ十日ほど絶えていた。

(魅力がなくなったとか、興味を失われたとか、思いたく、ない)

夜の営み意外は、周囲がうらやむほどの新婚ぶりなのだから、疲れているか、あるいはエレインが疲れているから寝せてやりたいという優しさだろう。

わかっているが、ブリトン王宮で散々に侮蔑されたことが、エレインの自信を揺さぶり萎縮させてしまう。

とくに、今日のように大勢の貴族が集まるとわかっている日は尚更、自分は本当にアデラールの妻に相応しいのかと気が臆す。

侍女らもその悩みに薄々感づいているのだろう。今日はいつになく気合いが入っていた。

「国王陛下も驚くほどに、めかしこんでやりましょう！」

「いいえ、そんなの甘いわ！　会場中の男性が虜になるぐらい美しく仕上げますからね！」

「嫉妬した陛下が今夜すごいことになっちゃうぐらいにしないと！」

中には赤面するような意気込みが混じっていたりするが、まあ、そんな具合だ。

(誕生日でこうなのだから、王后《おうごう》戴冠式はどうなるのかしら)

現在のエレインの立場は王妃であって王后ではない。

妃と后の暮らしぶりに大きな違いはないが、三点だけ后にのみ許されている権利がある。

一つは、王と同等の権限を持ち、王の代理として国璽──国の印章を押せること。

二点目は、王と同じく、神の代理人である聖教会によって戴冠式が執り行われ、王冠を頂くことでその地位が保証されること。

最後の一つは、王の唯一にして絶対の妻であり、王后が座す間は王は寵妃ないし妾妃を娶ることができない点である。

つまり后とは、一夫多妻制が許されていた時代に、誰の子が次代の王となるか争いにならないよう、あるいは、力のある貴族や外国から嫁いできた姫を尊重するために設けられた地位であり権限であるのだが、時代の流れおよび聖教会の教えにより、王室も一夫一婦制を採用した昨今では、まず使われない。

実際、最後の王后となった女性は百年ほど前の王妃で、教皇猊下の娘だった。

そんな権力絶大にして唯一無二の地位など自分には無理だと断ったが、アデラールは譲らなかった。

というのも、内戦の折に敵であった先王——アデラールにとっての叔父——側が、人心を揺さぶろうと、アデラールは不義の子だと噂を流したことや、未だ諦めない根性の悪い自称花嫁候補を一掃したいのもある。

だが一番は、アデラール自身が、今後、なにがあっても絶対にエレイン以外を妻に迎えないという覚悟を自分のみならず、民にも知っておいて貰いたいらしい。

嬉しいやら面映ゆいやらで浮かれる気持ち半分、そんな大役が務まるのかと身が竦む思いが半分で、エレインが微苦笑を浮かべると、アデラールはただ一言。

——信じろ。

とだけ言ってエレインの両手を取り、しっかりと指を絡め、触れるだけの、それだけに厳粛な接吻をしてくれた。

（まあ、戴冠式までにはあと一年あるというし）

舞踏会など手順が決まっており、季節によっては毎週行われるものとは異なり、王后戴冠は儀式の手順を確認するだけでも一苦労で、古い書物とにらみ合い、法的に適切かを検証しながら準備しなければならない。

当然、前準備や予行演習も必要で、早くて来年の初夏になると聞いている。

（問題も起こっているようだけど）

具体的にはなにが問題かわからない。

というのもアデラールは大したことじゃないと肩をすくめるだけだし、外交に詳しいなら賓客も多い王后戴冠にも関わっているだろうと、外交大臣を務めるディディエに聞けば、『解決する方法はあるが、やり方が多すぎてどれにするか迷ってるだけ』と、わかるようなわからないような、実に彼らしいはぐらかし方をされてしまった。

夜遅くまで廷臣を交え討論している様子なのが気になるが、それ以外は、皆いたって平然としているのでエレインとしてもあまり深く探れない。

それに、エレインはエレインで今日のお披露目式の準備で一杯一杯で、それより先にある戴冠式について、きちんと考える余裕がないままだ。

（今夜の舞踏会が終わったら聞いてみよう）

そう決意しつつ、侍女らの手を借りて、シュミーズや、ドレスを膨らませるパニエを纏っていると、入り口の方に待機していた侍女らがわあっと歓声を上げるのが聞こえた。どうしたのだろうと肩越しに振り向いて、エレインはそのまま動きを止めてしまう。

職人の手によりドレスが運ばれてきたのだ。

「素敵……」

ドレスを飾るトルソーが目の前に置かれると同時に、エレインはうっとりとしてしまう。

花びらの形に裁断された、淡く透ける桃色を帯びた紗《うすぎぬ》が滑らかで艶をおびた白い絹布の上に幾重にも重ねることで、咲き初めの薔薇を表現してある。

端は銀糸でかがられており、布のところどころには大粒の真珠やダイヤモンドが縫い込まれ、白く透明な光をはなつ様は朝露さながらだ。

下地となる部分だけでも美しいのに、その上には布で作られた初夏の花々が散らされているのがとても可憐だ。

全体的にすっきりとして無駄がない装丁なのに、華やかさや優美さを感じられるのは、風に揺らめく花弁の薄衣一枚一枚に施された葉脈の銀刺繍や、縫製の見事さゆえだろう。

これを着て踊ったら、どんな風だろう。そう思わせてくれるほど軽やかな見た目にエレインはすっかり心を奪われてしまう。

だがすごいのはドレスだけではなかった。

一拍遅れてはいってきた宝石商が開けた箱の中身もまた素晴らしかった。

全体がびっしりとダイヤモンドで覆われたネックレスは、一体いくつの宝石と時間が使われたのかわからないほど豪奢だし、手袋は蜘蛛の糸で編んだのかというほど薄く腕にぴったりと吸い付き、着けていることを忘れてしまいそうだ。

なにより、頭を飾る冠がすごい。

頭の後ろから両側面を覆い、前を開いた形で作られている冠は、白金を土台としており、金の糸線で涙型に整えられた水晶が縫い込まれ、動くごとに耳の側でチリチリと揺れては愛らしい音を立てる。

その滴を隠すように、真珠やオパールなどの白い宝石でかたどった小花が散っており、宝石で作られた妖精の花冠といった風情を出していた。

戴冠していないので王家のティアラは使えないし、エレインは身一つで嫁いできたのだからと、アデラールがしきりに気にしていただけあって、それ一つで国宝になるような見事さだ。

(すごい。嬉しい……。こんな素敵な衣裳で舞踏会に出られるなんて)

まるで夢のようだと感動に浸っていると、待ちきれなくなった侍女たちが、さあさあと急かす。

ドレスを着せられ、触れるのが怖いほど繊細な花冠を、緩く三つ編みにして整えた頭に乗せられる。

化粧はいつもよりしっかりと、だが舞踏会に出るにはやや抑えめにして全体の清楚さを殺さないよう丁寧に仕上げられる。

そうしてすべての着付けが終わって、確認のため全身鏡の前に立たされた途端、エレインは己の目を疑ってしまう。

「これが、私……?」

まるで別人だ。

地味でぱっとしない田舎姫などどこにもおらず、鏡の向こう側にいる自分は確かに同じ顔をしているのに、より凜として美しく、気高く、生まれながらの姫どころか、妖精の女王のように優美な姿をしていた。

早朝に開いた薔薇そのもののドレスに、麦の穂と同じ色をした金髪が肩からゆったりと掛かっていて、新緑色の瞳と頭を飾る純白の小花が、やがて来る夏の青空を予感させる。

アデラールがあつらえたと聞いていたが、これほどまで美点を引き出し、輝かせる装いを作りだせるとは、どれほどエレインのことを考えていたのか。

思い至った途端、頬が薔薇色に染まるが、それさえも全体を彩る鮮やかな飾りに成り代わる。

驚きすぎて溜息すら出せずにいると、ドアを叩かれる音がして、隣にある王の部屋で支度を終えたアデラールが姿を現す。

「アデラール様!」

ありがとうございますと言いたいのに、感動が胸を一杯にいて声が詰まってしまう。

けれど相手も同じなのか、目をみはり、口を開けてなにごとか言おうとした形のまま動きを止め、ただただエレインばかりを見ている。

どうだろうと緊張した面持ちで見守る侍女や職人たちの真ん中で、どれほど見つめ合っていたのか、アデラールはつたない動きで二、三度口を開閉させようやくのように声を放つ。

「……綺麗だ。この世のものとは思えないほど」

「陛下こそ」

アデラールはいつも通り黒の軍服をまとっていたが、平服ではなく礼装で、斜めがけにした蒼い肩帯とそこに銀糸で刺繍された白百合の紋章が、全体を引き締めていた。

結婚式の時にも目にしたはずだが、まるで今日初めて目にしたように心に響く。

毎朝鍛錬を欠かさないからか、しっかりとした肉体に軍の礼装は殊の外似合いで、しかも手足が長いので見栄えもいい。

その上、周囲が微笑ましくなってしまうほど、顔を輝かせ満面の笑みを浮かべているのだから、エレインでなくとも見惚れてしまう。

「綺麗だ。しかも愛らしく上品で、雅で、それで……ああ、どう言葉にしたらいいのかまったくわからない。最高だ。とにかく最高で……この上なく愛おしい」

辺りをはばかることない愛の吐露に、エレインはますます顔を赤らめ、身体をもじつかす。

そんな初々しい仕草が、アデラールにとってどれほどたまらなく見えるかなどもちろんわからないままに。

「褒めすぎ、です」

「そんなことはない。むしろ褒めたりない。一日中、いや、一晩を尽くしてもまだ賞賛し続けられる自信がある」

一晩、という単語で夫婦の閨ごとを連想してしまったのか、見守っていた侍女の中で一番年若い少女が真っ赤になって顔を覆う。

それを合図に、他の侍女も、小さな悲鳴を上げたり、肘でつつきあったりと忙しい。

「私ではなく、皆さんの力あってこそです。侍女たちや職人さんががんばってくださったので、こうして、陛下に満足いただける姿になれたかと」

謙遜ではなく、心からそう思いつつ伝えると、アデラールはニヤリと笑い、後ろであきれ顔を見せていたディディエを振り返る。

「それでは褒美を取らせないとな。……今宵の食事は我々と同じものを。それに気泡酒《シャンパン》と葡萄酒の樽をあけて振る舞う許可も出す。当然、金貨もだ」

めったにない大盤振る舞いに、今度は違う意味での歓声が上がる。

こういうところで気前がいいのも、英雄王として慕われる理由なのだなと、夫となった男の度量に敬意を抱いていると、相手は抱きしめたいのを堪えた仕草でエレインの腰にそっと手を回す。

「では行こうか。皆待ちかねている」

「はい」

差し出された手にそっと手を載せうなずき、一歩を踏み出す。

そこから会場近くまで、夢の中にいるようにふわふわした気分で歩いていたエレインだが、ふと、気になるものを見つけてしまう。

（あれは……？）

舞踏会が行われる大広間へ降りる階段の途中、窓の外に知った顔を見たような気がして足を止める。

エレインの金髪より濃い蜂蜜色の巻き髪を豪奢に結い上げ、手首から下げた扇を指で開いたり閉じたりする白いドレスの女性がいたのだ。

日差しに映える蜂蜜色の髪は異母妹であるエレンと同じ色であり、扇を無意味に弄るのは彼女がいらだっている時にする癖でもあった。

（いえ、だけどエレンのはずがないわ）

嫌な予感が浮かぶ前に自分へ向かって言い聞かす。

あれが異母妹であるなら、白いドレスを着ているはずがない。

公式行事において、白は舞踏会へお披露目される未婚の娘と花嫁だけに許される色だ。

ブリトン王国の王女であるエレンは、十六歳になると同時にお披露目の舞踏会を開催されたというのは有名な話だし、今日結婚したとするならばロアンヌ王国にいること自体がおかしい。

「どうかしたのか?」

「いえ、日差しが少し強くて」

それで目が眩んだとごまかしつつ、きっと別人だわとエレインは思う。

だけど胸の中に、わずかに黒い点が落ちたのは確かだった。

(いけない、顔を陰らせてはアデラール様に心配をおかけしてしまう)

せっかくの誕生日、せっかく皆が心を尽くしてエレインを主役にとがんばってくれた舞踏会だ。不安げな顔をしてどうする。

己に言い聞かせ背筋に力を込めて前を向く。

「もう大丈夫です。行きましょう」

「それならいいが。……エレイン」

護衛する騎士たちに聞かれないようにか、唇が耳朶に触れるほど近く顔を寄せながらアデラールが囁いた。

「俺を信じろ。なにがあっても、俺だけを信じてくれ」

どきりとして相手を振り返れば、とても真剣でひたむきなアデラールの視線に射貫かれた。

「陛下?」

「不安なこともあるだろうが、大丈夫だ。俺がいる。絶対にエレインを離さない」

内心を見抜かれたのかとぎくりとしていたエレインは、アデラールの言葉に安堵の溜息を漏らす。

恐らく彼は、エレインが初めての舞踏会に臆し不安になったのだと誤解したのだろう。

半分は正しく、半分は偽りである事実を提示され、エレインは胸が小さく痛むのを無視して、にっこりと笑う。

「はい。アデラール様」

信じます。貴方をと、笑顔に込めて伝えると、彼は長く切ない溜息を落とし、それからまた歩き出す。

玉座の後ろにある隠し通路から大広間へ入った途端、まぶしさに目が眩んだ。

普段はただの飾りでしかないシャンデリアは、すべての燭台に蜂蜜のよい香りがする蜜蝋蝋燭が灯されており、それが天井を覆う鏡に反射して、会場は外より明るい。

瞬きで明るさに慣れた目を下へ向ければ、一段高くなった玉座の場所から会場全体が見渡せた。

まるで色の奔流だ。男性は青や灰色がかった色の貴族服に白いズボンと似たりよったりだったが、女性は様々な色のドレスをまとっていた。

紅に紺、黄色に翡翠色、若い娘は水色や桃色といった軽やかなドレスで、それより年かさの貴婦人たちは落ち着いた色彩のドレスで、各々着飾っている。

時折、目に鮮やかな原色がちらつくのはどこかの民族衣装だろうか。

事前にディディエから、外国の大使も参加していると耳にしていたが、実際に目にすると心が躍る。

あとで挨拶の時間があるので、その時に異国の話が聞けたらいいなと思いつつ視線を奥へなげかければ、黒い燕尾服を着た楽団が広間の端に場所を取っており、会話の邪魔にならない程度の音量で有名な幻想曲を奏で響かせていた。

顔見知り同士か新たに知り合ったのか、各々雑談に耽っていた招待客たちは、伝令官が打ち鳴らした錫杖の音で姿勢を正す。

「国王陛下ならびに王妃陛下のご入場です！」

歌劇歌手さながらの立派な声が告げた途端、人々が一斉に頭を垂れる。

あわててエレインも頭を下げかけ――側にいたディディエに笑われてしまった。

そうか、自分は王妃なのかと今更に自覚し、不慣れさに頬をあからめていると、隣に立っていたアデラールが微笑ましげに目を細め、それから開会を宣言する。

「今日は我が妃エレインの誕生日に集まってくれて感謝する。彼女の幸福と未来を願い、そして遠慮なく楽しんでいってほしい」

軍人として命令し慣れた声が朗々と響き、消えたと同時に楽団の指揮者がさっと手を上げ、弦楽器の弓が大きく引かれる。

トランペットが高らかにファンファーレを吹き終えると、まっていましたとばかりに華やかな舞踏曲が流れ出す。

考えられないことだ。自分のための舞踏会なんて。

ブリトン王国にいたままでは、決して見ることができなかっただろう光景に心が震え、唇がわななく。

思わず両手を胸の前で組んで、広間の中心が開けていくのを見つめていると、アデラールが優しく手をとり、その甲に口づけた。

「さあ、踊ろうか。エレイン」

待ち望んだ舞踏会を前に、感動しきりで目さえ潤ませていたエレインに、アデラールが甘い声で誘う。

「ですが、私……人前で踊ったことはなくて」

想像より立派な舞踏会を前に、エレインは臆してしまう。

踊り方は辺境伯夫人から習っていたのでわかるものの、これほど大勢の人の前で腕を披露したことはなく、自分の踊りがどれほどのものかもわからない。

間違って足を踏んでしまったらとか、どころか転んで恥をかかせてしまったらという不安が、エレインをためらわせる。

「大丈夫だ。なにがあっても俺が支える」

「でも、みっともないと思われると、貴方が恥を……」

「かかないさ。こんなに美しく可憐な王妃を笑うものなどこの宮廷にいない。なにをやってもただただ可愛いだけだ」

それは夫の欲目というものでは？　と若干、身を引いてしまうが、逆に強く肩を抱かれて身を寄せられてしまう。

「お前を悪く言うものなど、この手で処してやる。……俺がそれだけの気持ちでいるのだぞ。大丈夫だ。信じろ。エレインなら上手くやれる」

うじうじと悩むエレインにいらだつことなく、逆に優しく諭されて、エレインの緊張を解そうとするアデラールの心遣いに、胸が切ないほど甘く疼く。

「俺は、エレインと踊りたい。いや、もう一生他の女とは踊りたくない」

強すぎるほどの愛と独占欲を吐露されて、意識するより早く顔が赤く火照ってしまう。

「そんなこと言われたら、逆に……っ、きゃ」

音楽に合わせ腰を引き寄せられ、磨かれた床で靴の踵《かかと》が滑ったが、体勢に不安を感じるより早くアデラールがエレインの背を支え、しっかりと腕に抱きとめる。

「さあ。……王と王妃が踊らなければ、他の誰も踊れない。折角の舞踏会だ。エレインも皆も楽しませたい」

臣下や民の為だぞと意地悪に脅されて、エレインは思わず唇を尖らせる。

「ずるい……」

「いいさ。ずるくても。それがエレインの自信と勇気になるのなら」

言うなり、アデラールは音にあわせて身を弾ませ、あっというまにエレインを大広間の中心へと連れ出してしまう。

「王妃として、貴婦人として自信をつけたエレインは、きっともっと美しく、気高く、愛おしく見える」

民にか、それともアデラール自信にか。あえて言葉にせず笑顔を向けられ、臆病な自分が心の中で白旗を振る。

こんな風に言われて無理だと逃げるなんてできない。そして見せてみたいと思う。

誰よりも輝いている自分を、誰よりも美しく花開く自分を。

そしてより愛しいと、手放したくないと、離婚など嫌だと思うほど強く求めてほしい。

根気強い励ましに勇気づけられたエレインは、うなだれがちだった顔を上げてアデラールを見つめる。

周りに誰がいても構わないではないか。ただただアデラールを、自分の夫だけを見つめ、信じ、身を託していれば、一曲の時間などすぐに終わる。

先染めの夏薔薇に似た淡いピンク色をしたドレスの裾を蹴りさばき、エレインは背筋を伸ばしアデラールと向かい立つ。

するとアデラールは繋いでいた手を口元へと持ち上げ、接吻を落としてから、慣れないエレインが戸惑わないようゆったりとした動きで踊りだす。

一拍、二拍と――節を取る歩みを意識したのも束の間だった。

若い肉体はすぐに音を拾い踊る楽しさに慣れ、不安げな影は天井から降り注ぐシャンデリアのきらめく輝きで振り払われる。

(すごい！　上手い！)

剣の足さばきも舞踏も似たようなものとからかっていたが、それは本当のようで、アデラールはエレインの爪先が来る場所を頭ではなく身体で知って、先へ動く。

それにつられてエレインの足取りも規則的になり、やがて流れるように身が動く。

楽しい。すごく楽しい。

くるりくるりと回るたびにドレスの裾が広がって空気が孕むのが、まるで風の精霊か音楽の妖精になったみたいで面白い。

曲が盛り上がるごとにエレインの表情は輝き、いまやまぶしいほどに美しく変化していた。

踊り終わったのと、割れんばかりの拍手が音楽を打ち消したのは同時だった。

耳鳴りがするほど沢山の拍手と、賞賛の言葉に囲まれてぼうっとしていると、心得た動きでアデラールはまた元の場所へと戻っていく。

二人ならんで玉座に座り、侍従長が差し出してくれた冷たい飲み物で喉を潤すと、まってましたとばかりに挨拶の人々が続く。

公爵から始まって侯爵、伯爵、異国の商団長に聖教会の枢機卿。だれもがエレインの美しさを褒めそやし、驚くほど豪華なあるいは気の利いた贈り物を捧げていく。

これはお礼状を書くのが大変だわと、顔と名前を覚えるのに必死になっていた時だ。

一風変わった姿をした客がエレインの前に立った。

上は礼服だが腰から下がズボンではなく格子縞のスカートを巻きつけ、薔薇と剣を象った銀のピンで留めている。

「こちらは……?」

初めて自分から聞いた途端、なぜか目の前に立つ初老の男が目を大きくみはり、それから瞳をみるみる潤ませる。

どうしたというのだろう。なにか失礼でもしたのかとおろおろしていると、大丈夫だと諭すようにアデラールがエレインの手を取り、静かに告げた。

「アルバ国王のダグラス・マクレイス陛下だ」

「ダグラス、陛下」

相手はエレインを穴が空くほど見つめながら、なんどか口を開閉させ、その後声を震わせながら初めましてと告げる。

「エレイン……殿。いい、お名前だ」

よき誕生日を、とか、よき一年をとかの形式ばった言葉ではなく、心から漏らされた台詞にどきりとする。

「あの、どこかで？」

鋼色の髪も、高い鷲鼻も覚えがない。けれど、虹彩に黄金が混じる新緑色の瞳はエレインに、そして母によく似ていた。

（アルバの民の血を引くと、皆、虹彩に黄金を帯びる……のかしら）

一人に許された謁見の時間は短く、そんなことをぼんやり考えている間にアルバ王との時間は終わってしまう。

謁見が終わりに近かったからか、ぼんやりとアルバ王の事を考えていた時だ。

にわかに周囲が騒がしくなり、非難めいた女性の声が届きだす。

「まあ！　どちらの令嬢ですの」

「王妃陛下の誕生舞踏会だというのに、なんて無作法を」

きつい口調に驚き目を向ければ、真っ白なドレスに白いヴェールを被った女性が玉座へ向かって真っ直ぐに歩みよってきていた。

「白い、ドレス？」

今日はエレインが主役であるため、お披露目となる令嬢は一人もいないはずだった。つまり、白いドレスの女性などいてはいけないということだ。

主賓であるエレインとて、初の社交界かつ舞踏会だが、すでに既婚ということで白ではなく淡い桃色のドレスを纏っているというのに。

王が主催の舞踏会で、王妃が主役だというのに、それを食う白いドレスを纏うのは反逆も同然で無作法どころではない。

連れ出したほうがよいのでは、とアデラールに視線を向ければ、彼は冷えた眼差しをドレスの女へと向けていた。

そして不思議なことに、衛兵は動くこともできず、互いにちらちらと視線を交わしては、遠巻きに女性を囲み警戒するだけで、まるで連れ出す様子がない。

どうして——と思ったのもわずかな間だった。

あと一歩で段に足がかかるというところまできて、女性が誰なのかわかってしまったのだ。

——異母妹のエレンだった。

エレンが、花嫁衣装を纏い真っ直ぐにアデラールの方へと近づいているのだ。

ただの貴族や賓客であれば手を出せる衛兵も、さすがに異国の王女——しかも王位継承権のある——をどうしたらいいかわからず、助けを求めるように主であるアデラールに視線を投げかけている。

「……」

不安からアデラール様と呼びかけた時だった。

エレンがヴェールの裾を持ち上げ、艶やかに化粧された顔貌をさらしながら玉座への段に足をかける。

「そこまでだ。上がってくるな。……私が下りる」

どよりと周囲がざわめいた。

王族が王族に対するため段を下りるのは別段、珍しいことではない。

ただしそれは相手が礼儀を守っている場合であって、今回のように礼儀を破っているのに対等に接しようとするのは、王が――アデラールが求めた服装なのか、あるいは、対等な立場として断罪するつもりなのか。

歓びに満ちあふれていた舞踏会の場が、突然緊迫に包まれる。

エレインはたまらず、控えていたディディエが制するのを振り払い、アデラールの後を追った。

段を下りるとますます、エレンの異様さと美しさが感じられた。

たった五段ほど下りただけなのに、すでに息が浅くなって苦しい。

コルセットを締めすぎたせいだと自分をごまかそうとしたが、それが無駄なことは他でもないエレインがよくわかっていた。

エレンは厳しい顔で自分を睨むアデラールを一顧だにせず、息を乱し青ざめるエレインを一瞥してから、紅に染めた唇を開いた。

「父王に命じられ身代わりを務めてくれた姉を、ようやく解放してあげられそうです」

「なに？」

「陛下がわたくしに求婚した際、流行病で船に乗ることができず療養していたこと、その身代わりを不出来な姉が務めることとなった失望、合わせてお詫び申し上げます」

言うなり、見事にドレスを蹴りさばいてエレンは膝を折る。

けれど顔は真っ直ぐにアデラールを見つめ、誘惑の意図も露骨に瞬きを繰り返していた。

「聞いてはいないな」

きっぱりとはね除けられるが、それも想定済みなのだろう。エレンはヴェールの裾を掴んで口元を隠し、あざとい仕草で小首をかしげた。

「まあ、意地悪をいわれずとも。……長く伏せっていたわたくしも悪いのですが、拗ねさせてしまったようで。うふふ」

本当はアデラールはエレンが好きなのではないか、だからこそ遅れてきたのを怒っているのではないかと誤解しかけるほど見事な演技に、エレインの胸が騒ぐ。

だが、一秒も持たずにアデラールがエレインを抱き寄せ、先ほどよりさらに低い声でうなる。

「とぼけたことを言うな。俺の妻はエレインだ。お前のごとき妖婦ではない」

「そちらこそ血迷いごとを。どちらが王妃に相応しいかおわかりでしょう」

すうっと、見蕩れるような優雅さでエレンがアデラールに向けて手を伸ばす。

悪夢じみた手袋の白さがまるで幽霊のようで、エレインが青ざめていると、肩に回ったアデラールの手に力がこもった。

「ああ、もちろんわかっている。……エレイン以上に、俺の妻に相応しい女はいないと」

周囲に聞こえる声でアデラールが吠えた途端、エレンが王女らしくない舌打ちを落とし、叫んだ。

「どうしてですの！」

まるで駄々っ子の仕草で足を踏みならし、エレンはまなじりを決する。

「私は正妃の姫です。エレインなんかより貴方の王妃となる権利はずっとあるはず！」

きらびやかな婚礼衣装に似合わぬ甲高い声で、エレンがアデラールに主張する。

「その理論でいくなら、お前なんかよりずっとずっとエレインが俺の妻に相応しい」

「どうしてです！　その子は庶子です！　お父様がエレインを産ませたのは王子だった時で、しかも結婚すらしていない！」

その言葉に、周囲の貴族がどよめき、エレインは頭から血が落ちるのを感じる。

――ああ、やはりここでも蔑まれてしまうのかと。

正妃の娘でないから、母が父と結婚していなかったから、自分は幸せになれないのだろうかと絶望しかけた時だ。

「黙れ」

アデラールが端的に告げ、凍えるほど冷ややかな声で続けた。

「エレインの母はブリトン王と結婚していた。お前の母親より前にな」

感情を抑えた、それだけに内包する怒りの強さを知らしめる低い声が静かに響く。

「なんですって」

勝利を信じ切っていたエレンが、冗談をと言いたげに笑うのと同時にエレインもまた、なにをいいだしたのかとアデラールの袖を引く。

「それは、本当のことですか。……母は、ちゃんと父と結婚していたなんて」

あり得ない。そう口にしようとするエレインの先を封じて、アデラールは王として声を張り上げた。

「極秘結婚ではあったがな。ノーサンブリア辺境伯が証人となって、その城の聖堂で婚姻した。指輪こそなかったが証明書はちゃんとある。ディディエ！」

「はいはい。……一国の王女が、まさか招待もされていない他国の舞踏会で騒ぎを起こすなんて思わなかったけれどね。陛下の慧眼には恐れ入るよ」

道化じみた仕草で肩をすくめ、この重大事もどこ吹く風といった軽さで言い切ると、ディディエは懐から一枚の紙を出してアデラールへと渡す。

受け取ったアデラールは証書を留めるリボンを解き落とすと、丸まった紙を広げ、これ見よがしにエレンへと突きつけた。

「よく見ろ。ノーサンブリア聖堂の大司教印に加え教皇猊下の証印もある。……つまり、この証書の正当性に疑いはないということだ」

大司教だけならともかく、聖教会の君主たる教皇の証印があるなら、たとえ後から偽造されたものだとしても誰も口を挟めない。

なぜなら、教皇の印に否を唱えることは、大陸全土を宗教的に支配する聖教という組織全体に喧嘩を売るも同然だからだ。

王女としてわがまま放題をしてきたエレンでも、聖教を、果てには他国すべてを敵に回す発言をする度胸はなかったようで、顔を憤怒に赤くそめ、両脇にさげた手をわなつかせていた。

「いいか、よく聞け。……お前が好きな権威主義の物言いでいけば、事実が公表されなかっただけで、エレインが第一妃の第一王女。お前は二番目の妃――妾妃の娘にすぎん。それでもまだ俺に相応しいと主張するか」

「……くっ」

唇を噛み締め、喉でうめきつつエレンが一歩後ろへ下がる。

その様子を呆然と見ていたエレインは、だが一つの疑問を口にせずにいられなくなった。

「どうして……。どうして母様は自分が王妃だということを隠していたの」

「それは私から説明させてもらいましょう」

誰も動けず、黙って成り行きを見守っていた中、一人の男が前に出る。

アルバ国王のダグラス・マクレイスだ。

彼は小麦畑のように豊かなあごひげを一度だけ撫でると、苦笑とも微笑ともつかない表情で語りだした。

エレインの母はダグラスの実の妹であり、マクレイス血盟――アルバ王家の一の姫であった。だが、薬師として夏の森に薬草を採りに出かけた際、敵国の王子を助けたとの咎で、父王の手により自らの属する血盟、つまり一族から追放されたのだと。

「アルバ王国の民をしめる高地民族《ハイランダー》は、己の血盟の誇りと高潔さになによりも重きを置く。それは厳しく、たとえ王の娘であっても敵に手を貸すものは許されない」

ダグラスの説明を引き取る形でアデラールが尊敬の混じった声で告げ、周囲が納得したように言葉を交わしだす。

「また、高潔は日々の鍛錬から生み出されるとの理念の元、王であり鍛冶師、公爵であり戦士と……、義務としての職を持ち、その技を磨く。どれも西方国家でもっとも北に位置し、農耕に貧しい国土という厳しい環境から生み出された掟だが、今もなお健在であり、技に優れたものこそを認める風土にある。その点から言えばエレインは現在のアルバでダグラス陛下に次いで、第一位の継承権を持つ」

つまるところ、エレインさえその気になれば、女王としてブリティス諸島を統一することも

可能な立場となり、エレンよりずっと権限が大きいことになる。

突然知らされた真実に頭がくらくらして目眩によろめいたが、すぐアデラールが腰を取ってエレインを支え心配げな視線をよこした後に、同じ瞳で、人を射殺しそうな鋭さでもってエレンを睨む。

「エレインの母は、身ごもった子が将来争いの種になるのではないかと案じて、あえて結婚したことを黙し、ノーサンブリア辺境伯に証拠を預け、日陰の身に留まられたのだ。お前の母親との違いどれほど高潔か」

確かにエレインがブリトンとアルバ、両方の国の姫として生まれたのであれば、父王を殺してエレインを担ぎ上げ、戦争によって両国を手にいれようとする男が現れかねない。

そこまで先を見通し配慮して、エレインを厳しく躾けたのだ。

なにがあっても生きていけるようにと。

思うよりずっと愛されていたことを、大切にされていたことを実感し目が潤むエレインとは逆に、エレンは今にも泣きそうな顔となって青ざめていた。

「エレン……」

「声をかけないで！　今更、貴女に哀れまれるなんて……そんな！　そんなことっ！」

言いかけ、けれどすべてを語りきれずに声を詰まらせ、エレンは王女にあるまじき荒っぽさで手にしていた扇を床にたたきつけ、癇癪《かんしゃく》を起こした子どもそのままの動きで舞踏会の広間から走り出ていった。

　追いかけるべきかとも考えたが、すぐにそれは違うと思い直す。

　王や王女に生まれただけで尊敬されるようではいけないのだ。権利には義務がつきもので、その義務を果たさなければいつかすべてに見捨てられる。だから、今エレンを慰めるのは彼女の為にも、なによりもブリトン王国の民の為にならない。

　もっとも、エレインの母が先に結婚していた事実が知られた以上、エレンは庶子であり、エレンの母である正妃はよくて寵妃へ降格、悪ければ重婚の罪に問われることとなるだろう。

　どちらにせよ、弟のエドワード王子は王位継承者として擁護されるだろうが、姫のエレンについては今までとは異なる処遇が待っているに違いない。真実が明らかになった今、彼女を妻にすることで危険に身を委ねる貴族もいないだろう。

「まったく、騒ぎを起こさねば、内々に済ませ、ブリトンの王女程度の地位はくれてやろうと思っていたが」

　耐えがたい愚か者だなと言いたげなアデラールを見つめ、エレインは安堵の吐息を落とす。

「戴冠式について揉めているという噂は、このことについてだったのですね」

　一瞬だけ、エレンが本当にアデラールの妻になるのでは、自分は捨てられるのではと思ったことに対し苦笑する。

（そういえば、エレンはずっと王妃といっていたけれど、アデラール様は私のことを終始

〝妻〟と呼ばれていたわ）

それは、王女であろうがなかろうが、あるいは自分が王だろうが、どんな出会い方をしていようが、男としてエレインを求めているという無自覚の告白だ。

信じろというのは、こういうことだったのかと納得すると同時に膝の力が抜けてしまう。

「おい、エレイン。大丈夫か。おい！」

気が緩んだ途端、目眩が襲いかかり、瞬く間に周囲が暗くなる。

苦しく、浅い吐息の中、エレインは心配するアデラールの頬に手を伸ばして笑う。

「ああ、私、本当に貴方と、アデラールと結婚できてよかった」

嬉しさに涙がこぼれた途端、エレインの意識はふつりと途切れ、あとは心配で半狂乱となるアデラールの医務官を呼べとの叫びばかりが、舞踏会場に響いていた――。

第七章

どこか遠くでなにかが破裂したような音がして、エレインはぼんやりと目を覚ます。

日が暮れているので辺りが真っ暗でよくわからないが、どうやら王妃の寝室らしいことは家具の影や寝具の手触りで察せられた。

(私、どうして……。あ、そうか。舞踏会で気が抜けた途端に意識を失って)

緊張で息が浅くなった途端、苦しくなって目眩がしだしたことを思い出す。

おかしいな、とくに病気になるようなことはしてないのだけどと、薬師の知識でもって自己判断し身を起こすと、また窓の外で破裂音がしてあたりがぱっと明るくなる。

月とも星とも違う輝きに驚き外へ目を向ければ、赤や青、黄色に緑といった光が放射状に広がっては雪のように地上へ舞い降りていくのが見えた。

「花火だ」

自分が呟くより早く、低く柔らかい男の声がした。アデラールだ。

声のするほうへ視線を向ければ、床に膝をついた姿勢でベッドに伏せ、エレインの手を毛布の上から握っていた。

「あ……。陛下」

「アデラール、だろう」

公式の場では礼儀を守り陛下と呼んでいるが、今、名を呼べと乞うなら他に人はいないのだろう。

そう見当をつけて、エレインは問い直す。

「アデラール様、すみません。折角の舞踏会だったのに」

「気にするな。台無しにしたのはお前じゃない。それに……正直少し、ほっとしている」

身を起こし、エレインが眠っている寝台に座り直すと、アデラールは苦笑しながら前髪を書き上げた。

「女神のように美しく装ったお前を見て、他の男も欲しがるんじゃないかと心配していた」

「アデラール様ったら。そんなこと」

「あるさ。……ブリトン王女がお前の元婚約者との婚約を破棄したとも聞いていたしな」

さらりと説明され、こんどはエレインが苦笑してしまう。

エレインとの婚約を破棄し、エレンからは婚約を破棄されたのであれば、今後、花嫁を見つけるのは難しくなるだろう。

それを言えばエレンもだろうが、そちらは完全に自業自得である。

黙っていると、アデラールが密偵とディディエからの報告なんだが、と前置きして今までの状況を説明しだす。

曰く、エレインとの結婚式でアデラールを見た上、ディディエから〝溺愛され、それは不自由なく暮らしている〟と聞いたエレンは、いつものわがままを発揮し、自分の言動を完全に忘れきって、被害者ぶった顔で〝本来アデラールと結婚すべきは自分だった〟と、主張しだし、あれほどエレインには勿体ないと口にし、ことあるごとに自分の側に呼びつけていたユアンに対し、王とも結婚できる身分の自分が辺境伯と婚約しなければならないなんて！　となじり続けた。

そうなれば、元からエレンに恋愛感情を持っていた訳ではないユアンは面白い訳もなく、エレンの相手をするのも馬鹿らしいと、王都から去り辺境伯領へ戻ったという。

「最も、戻ったところで廃嫡を言い渡されて、今は一塊の騎士として前線の砦に務めているらしいが」

「そうですか」

アデラールによると、ユアンとエレインの婚約は、対立国であるアルバを牽制するためのものだったらしい。

敵国の王子を助けたとして、娘――エレインの母――を追放した前アルバ王だが、老いるにしたがって娘を、引いてはブリトンで生まれた孫娘に会いたがっていた。

和平交渉がなったのも、半分はエレインが生まれたため、間違って殺されないようにとのことだったらしく、それはもう身内から反対され、それをねじ伏せてと大変だったらしい。

ともかく、絶縁した以上顔を合わせられないが、幸せに暮らして欲しいとの意向を聞いたノーサンブリア辺境伯が、それならば、うちの息子と婚約させていずれ辺境伯夫人としておけば、平和が長く保たれるでしょうと話をつけ、そうして、物心つかないうちの婚約となったらしい。

婚約の原因となったアルバの先王は老齢で亡くなってしまったが、王位を継いだ長男も平和を望んでおり、婚約は変わらず継続されていた。

ところが、王女エレンに言い寄られ、親の承諾もなく勝手に婚約を解消した挙げ句、肝心のエレインがロアンヌ王に嫁いだのだから、辺境伯とアルバ王家の焦りぶりは言うまでもない。

折良く、そのことを嗅ぎつけたディディエが、ロアンヌ王アデラールの代理人として三者協議を行い、エレインとアルバ王、そしてノーサンブリア辺境伯はいつでも会えることとし、また互いに攻め入らないと約束したが、問題は父方であるブリトン王――というより、エレンだった。

なにかとエレインに対抗意識を燃やしては、エレインに与えられたものを奪ったり、それ以上のものを父親にねだったりしてきて、それが許されてきたエレンは、アデラールとの婚姻も当然許されると考えていたが、そこは国王。

父であるブリトン王は、嫁いだ以上はエレインは他人。だから放っておけとまるで相手にしなかった。

まあ、ロアンヌと事をあらだてて戦になるのを避けたかったのもあるし、エレインが溺愛されている間は借金返済の追求も揺らぐだろうとの打算が働いたのだろうが。

ともかく、人生で初めて父親から相手にされなかったエレンは逆上し、取り巻きを脅してロアンヌ行きの船に乗り、ロアンヌ王都に来たら、今度はブリトン王国大使を脅しと、行き当たりばったりでやってきて、あんな騒ぎを起こしたらしい。

「会場から追い出した後、ギースをつけて港まで護送して船に乗せて返したから、一月以上、いや、一生会うことはないだろう」

護送しなければならなかったギースには申し訳ないが、その言葉を聞いてほっとする。

「国へ返して、どうなるんでしょうか……。反省しなければ同じことをするかと」

「いや、できないだろう。……今回、騒ぎの中で、知らずとはいえブリトン王が重婚の罪を犯していることが明らかになった。当然、正妃はその地位を追われ公爵家に帰されるだろうし、エレンの王位継承話も白紙だろう」

どこか田舎の子爵か男爵――自分よりずっと格下の貴族でもなければ結婚できないだろうし、それ以上に、修道院へ送られる可能性のほうが高いのだとか。

「あの性格だ。しつけに厳しい女子修道院に預けられて、朝から晩までしごかれることになるだろう」

恨むなら抑えがきかなかったわがままな自分を恨めと、アデラールは鼻で笑う。

「舞踏会はディディエが上手く盛り上げているだろう。そういうのが一番得意な男だからな」

天使のような見た目と機知に富んだ会話を得意としている彼ならば、とエレインは胸を撫で下ろす。

「それより、背中を見せてみろ」

「え」

「コルセットの締めすぎと緊張で酸素が足りなくなって、失神したと聞いているが、やはり、この目で確かめなければ安心できない」

「え、ちょっと、それは」

言われ、自分の姿を見下ろせば、いつも身に付けているものより薄く透ける夜着一枚という、あられもない姿だった。

「や、嫌ですっ」

あわてて毛布を顎までひきあげるが、すぐに男の逞しい手によって下ろされる。

「駄目だ。これだけは嫌がられても引けない。……本当に心配したんだぞ。あんな、死ぬ前の遺言みたいな台詞を残して倒れられて、俺は心臓が潰れたかと」

「なにかいいましたっ……ああっ」

——私、本当に貴方と、アデラールと結婚できてよかった。

確かにそういったし、指摘されて気が付いたが今際の際の台詞そのものだ。

「ごめんなさい、心配をさせて」

半泣きになりつつ背を向ければ、分かればいいとアデラールが溜息をつく。

肩紐がずりおろされ、細やかな衣擦れの音がして夜着が腰にわだかまる。

（なんだか、恥ずかしい）

素肌なんて、もう何度も見られてきたというのに、こうやって心配されつつ真剣な目でつぶさに見られるとなると、興奮や淫欲がない分、逆に緊張してしまう。

背に流れる髪を手繰り左肩から前へかけ流すと、一拍おいてアデラールがつと指先を背筋に置いた。

「……ッん」

「ああ、縁があたっている部分が赤くなっているな。……肌にこんなにリボンの痕が残るなんて」

つうっと、触れるか触れないかのやりかたで胸の際から背中へと、硬く乾いた男の指先がなぞり辿る。

くすぐったさと恥ずかしさはいつしか混ざり合い、愛撫をされているような気分になっていく。

「も、何度もさわらなくて、も……」

「だが、こんなに赤くなっているのだぞ。ほら」

言うなり、アデラールは自分の顔をエレインの背に近づける。

からかうようにふうっと熱い吐息を吹きかけられた途端、エレインの背が弓なりに反る。

「ひゃ……っ、んもう！　なにするんです……ああ」

身を捩るエレインの肩をしっかりと押さえたかと思うと、アデラールはそれ以上言わせないとばかりに唇をコルセットが残した赤い痕へと押しつけてきた。

柔らかく引き締まった唇の感覚に肌がざわめく。

妻として抱かれた夜の記憶を持つ身体は、エレインが制する間もなく敏感さを増す。

「ん、ん……ふ、あ」

ゆら、ゆらと白い肢体を揺らしつつ震える女の背中に、男の唇が触れて離れてを繰り返す。

時折、試すように尖らせた舌先でひりつく擦り痕を舐められ、わずかな痛みとそれを凌駕する悦に身がわななく。

「も、駄目。まだ……舞踏会が、終わって、な」

「数時間も経っているんだ。招待客はとうに酔って自分たちだけで楽しんでいるだろうし、王と王妃の不在に気付いても、なにをしているか聞くほど野暮な奴はいまい」

自信たっぷりに言われ、エレインが半泣き顔で膨れふりむくと、待ってましたとばかりに唇を奪われる。

「は……む、ぅ……ん、むぅ」

口端から中央へ合わせ目を割り開くように舌を使われ、エレインは知らず歯列を開く。アデラールは肩へ置いていた手を乳房へと回し、ゆっくりと揉みほぐしながらエレインの口腔へと己の舌を差し込んだ。

遠くで打ち上げられる花火の音と光が、白い肌を様々な色に染めていく。

光という一瞬の宝石を色とりどりに纏いながら、エレインは含まされた舌を呑むのに必死だった。

ざらりとした表面で口蓋を擦られ、奥歯と喉の間に溜まった唾液を掬われると、粘着質な水音が響く。

淫猥で、だが興奮をかき立てる音に、いけないと思いつつ身体が快楽へ溺れだす。

初夜より幾分か大きく、そして柔らかくなった胸の早急は男の指を優しく受け止め、力を加えられるままにふるふると揺れながら、振動を愉悦へと変え骨まで響かせる。

時折、人差し指で乳房の上のほうについた擦り痕を撫でられると、得も言えぬ疼きが心臓を逸らせた。

「も、駄目」

「なにが駄目なんだ」

わかっているくせに、そんな意地悪な聞き方をしてきたアデラールは逃さないと嚙いてから、膨らみ勃ちだしていた胸の尖端をきゅっと摘まむ。

「ああっ、あ！」

くすぐったいような、痛がゆいような刺激に焦らされていた身体には、強すぎる淫悦だった。激しい火花を散らすものがへその裏にある子宮へと伝わり、甘苦しい切なさでたまらない気持ちにさせる。

「も、や……だ。ずるい。いつも、アデラール様、ばかり」

甘ったれた鼻声もそのままに批難し腰をひねって相手を睨めば、実に楽しげな笑い声をひびかせながら、寝台の上に押し倒された。

「俺ばかり、なんだ？」

「アデラール様ばかり、私を乱す……ずるい」

初夜ではお互い初めて同士だったのに、最近ではもう、完全に彼の掌で転がされている気がする。

柔らかい羽布団に身体を受け止められ、素肌にアデラールの長い黒髪の先が触れるくすぐったさに身をよじりつつ膨れれば、相手はふむと唸ったあと、悪戯を思いついた少年の顔で言った。

「夫婦だろう。自分だけ感じて悔しいのなら、エレインからも俺を乱してみてはどうだ？」

アデラールは淫蕩な笑みを唇に刻んだまま、どこか挑発的な台詞を口にしつつ、人差し指でエレインの乳房の側面や鎖骨の際ばかりをなぞる。

触れるか触れないかの愛撫は、人妻として先を知る身体にはとてつもなくじれったい。

身体をもぞつかせて逃れようとしてみるが、上からのし掛かられ、腰を膝で挟まれて居る状態ではさほど自由に動けない。

(私から、乱す?)

はしたないと思いつつ、だが、温室でアデラールに触れた時の感触と興奮が鼓動を逸らせる。

(でも、いやらしいと思われないかしら……)

胸を隠す手をもじつかせ、視線を左右へ泳がし迷っていると、早くと急かすようにアデラールが肌に息を吹きかける。

「んっ……!」

アデラールはそのまま乳房の上で口を開き、エレインの手ごとついばむ仕草を見せ、結局は息でかすめるだけで逃げる。

そうやって思わせぶりにされるほど、身体が焦れて溜まらなくなる。

「いいのか。本当に、ここで終わって」

焦らすという行為により、自らも焦れ昂ぶっているのか、アデラールは声を途切れさせつつ笑う。

「でも、私、……女からもするとかって」

「別に誰も見ない。聞かない。俺たちだけの秘密だ。それに、夫婦なんだから互いに互いを導き合うもの、だろう」

まだためらうエレインの手を唇で辿っていたアデラールは、ついに我慢できなくなったのか舌で掬いあげるや否や口へ含んだ。

「ンッ、う……！」

ぬるりとした感触に下腹部が熱を持つ。肌よりさらに生々しい粘膜に包まれた指から、愉悦が媚薬のように肉に染み入る。

そうやってエレインの人差し指を口腔で舐め味わいながら、アデラールはもう片方のエレインの手を取り乱れた自分の髪をまさぐらせる。

「ぁ……っ、ふ」

こうして触るんだという風に、耳から首筋、喉元と自分の手で導きながらエレインに、男の肌の辿り方を伝えてくる。

硬い骨格を覆うなめらかな肌、張り詰めた筋、柔らかい首筋を滑り降りる途中にある、喉仏の大胆な隆起。

感覚だけでなく、目までも指が移動する部位にいってしまう。

ただ触れているだけなのに、息がどんどん急いていく。

自分より大きな身体、熱い体温、呼吸ごとに力強くに上下する肩。エレインの嬌声を一つも聞き漏らすまいとする耳。

最初は導かれていた手も、相手を——自分の夫という存在に、どう血肉が通い、反応するのかを知るごとに、独りでに動き始めた。

襟足から髪に指をからめ引っ張ると、満足した猫のようにアデラールの目が細くなる。

そのままうなじ、首元と指を回し、シャツのボタンに指を掛ければ、手を探る舌が期待に震えるのがわかる。

感じて、そして感じられる。共鳴するようにお互いの感覚が響き、重なる。

そのことが大きな幸せとなってエレインの胸を弾ませる。

エレインの手が男のシャツをはだけると、待ちかねた動きで、アデラールが胸の膨らみを手で包む。

そこからは、早く、激しい動きだった。

形が変わるまで揉みしだかれ、頂点の蕾みが口に含まれた。

側面から絡みつき、吸い、転がす舌の動きから夫が焦れるほどにエレインを求めているのがわかる。

そしてエレインもまた、必死にアデラールの肌を探る。胸から脇腹へと滑らせた手を背中に回し、たどたどしい動きを承知で撫で回す。

手のひらを押しつけるようにしたり、指でなぞるようにしたり、思いつくかぎりのやり方で、自分を抱く雄を——夫という名のつがいの肉体を知ろうとする。

物慣れない動きだろうに、エレインがわずかに力ややり方を変えると、アデラールの眉が切なげに寄る。そのことに自信を得て、手はより大胆に動きだす。

互いを探り、脱がせあう衣擦れの音と淫らな吐息が寝台の中を満たしていく。

そうしていつのまにか生まれたままの姿にされているのに、エレインはもう気付くこともなく、夢中でアデラールに触れていた。

男の手首を取り、先ほど自分がされたように指を含む。すると、硬く尖った胸の尖端をあめ玉のように舐めしゃぶっていたアデラールが、喉で息を詰めた。

「っ……！」

夫を感じさせられた誇らしさに微笑むと、張り詰めた屹立が開かれた太ももに押し当てられる。

「あっ、つ……ふ、う」

からかうように腰を動かし脚を擦られ、期待と興奮が身体の奥を灼く。

淫らな探り合いはより濃密になっていき、声も、服も、鼓動だって乱れていく。

「……ん、ふ、あ……ああっ！」

余裕をなくした男の指が、濡れて、柔らかくほぐれた花弁をなぞる。

荒々しいが決して痛くはない、妻となった女を気遣いつつ、切望している指使いに身体の熱がどんどんと上がりだす。

粘ついた水音がした瞬間、敏感な粘膜から尻へと愛露が滴る感触がして、エレインは驚きの嬌声をはなっていた。

「ひぁ、アッ、やぁ……ッ、ん」

「すごく、濡れているぞ。俺を、求めて」

くちくちと浅瀬の部分をかき乱し耳元で囁かれる。目を閉じ、肩をすくめて頭を振るが、そんなことで許してもらえるはずがない。

口づけして、触れあっていただけなのに、驚くほど身体が反応している。

抱かれる度に男のやりかたに馴染んでいくのに、決して慣れることはない。どころかどんどんと悦くなっていき、これからどうなってしまうのかとも思う。

(夫婦って、……みんな、こう、なのかな)

結婚し、民に認められたこと。二度と別れないと互いに確信しあったことが、より気持ちと身体の距離を近づけている気がする。

ぬる、ぬるっ、と確かめるように入り口にある薄い襞に蜜を絡め、遊んでいたアデラールは、エレインがぶるりと腰を揺らしたのを見て、秘裂の内部に指を浸す。

「ん、あっ……あああっ！　あ、は……」

一切の容赦なく、指が的確にいいところを捉え、押しこね始める。

身をよじり、逃れようとしても無駄で、すぐにアデラールの手指に追いすがられる。どころか、逃げたおしおきと言いたげに、親指で淫芯をこね回されるのだからたまらない。

たちまちに秘筒がとろけ、どろどろのぐちゃぐちゃにかき回されて、あきれるほど多くの蜜が奥処から流れだす。

内部はいやらしい刺激に従順で、ねだるように中を探る男の指に絡みつき、肉襞をますます淫らに充溢させる。

入り口から奥処へむかって、くっ、くっ、と膣が男を引き込もうとしているのがわかる。

反応が恥ずかしすぎて、アデラールの首にすがり、頭をかき抱くと、八つ当たりするように耳に歯をたてた。

「っ……ふ、エレインっ……」

切なげに名を呼び、アデラールの骨張った指が苛烈に内部で暴れ回る。

にゅるにゅると動いていた指が限界まで押し込まれ、十分な愛撫によって降りてきた子宮口に触れた。

「ひあっ……あ、や……んあっっ！」

がくがくと腰が震える。床につけた脚の指がぎゅっとまるまり、膝が男の腰を挟む。

そうやって絶頂の衝撃を逃そうとするのに、波のように次から次に達し続ける。

「や、ア、デラール、アデラール！　……！」

敬称を付けることも忘れ、ただの女として愛する男の名を何度も呼んだ。好きだと繰り返し、それでも足りなくて、はだけられたシャツから除く肌に吸い付いた。

「エレイン……、っ……あ」

言うなり、今まで耐えていた激情を解放するように、アデラールが激しく動いた。

まとわりつく襞を振り切り、蜜のしずくをぴしゃりと跳ね飛ばしながら指を抜き、くつろげたそれに、薄い膜を手早く装着し、一息に屹立を突き入れた。

アデラールはエレインに二度目の戸惑いも、不安も感じさせることなく、一瞬で女体を奪い、本能のままにむさぼりだす。

ぐいっと力強く腰を突き上げ、奥処を張り出した亀頭でくじられる。

充溢し、張り詰め硬くなった丸い部分で、子宮口をこね回され、ひとたまりもない。

「ンあっ……！　あーっ！　ああっ、や、ああっ！」

放埒にあえぎをこぼし、ただただ振り落とされてしまわないように、自身を抱く男にしがみつく。

膣口がひとりでにすぼまり、一瞬でも長く自分を満たす欲望をとどめようとする。

濡襞になめ回された怒張が、脈をうち、さらに大きく膨らむのがわかる。

昨日より大きく、凶暴なほどに硬いもので中を拓かれると、頭の芯がジンとしびれ、意識がほどけた。

腰を引かれると、ざあっと熱が奪われるようになり、股関節がなるほど強く突き上げられ、媚熱が淫らさを増して戻る。

とろとろ蜜がはしたなく垂れ、互いの茂みどころか脱ぎ捨てたまま下敷きになった服まで濡らす。

もはや身体だけでなく、媚肉までもがアデラールにしがみつき、ねだった。

「もっ、と……、もっ、と欲しいの。貴方、が……あッ……ッ！」

もっと奥処に、もっと力強く、貴方が欲しい。

――貴方との、子どもが欲しい。他の誰でもなくアデラールの子が。

そう思ったのか、口走ったのか、わからないままひたむきに与えられる快感をむさぼり、与えられるだけの反応で応える。

何度も絶頂へ押し上げられ、降りることは許されず、さらに高みへと誘われた。

「も、無理……ぃ、深っ、すぎる……ぅ」

子どものように甘え泣き訴えると、腰をつかむ男の指が、その力を増した。

「エレイン……、エレインっ……」

もう余裕などなく、熱病にうなされるように名を口走り、アデラールは、ひたむきにエレインへ己を刻みつける。

男の額から汗が滴り、上気し火照るエレインの肌を濡らす。

髪を乱し己を求める男が、吐精をこらえ、顔をしかめる様子はこの上なく色っぽく、求められているという欲求を余すことなく満たしきる。

「もっ……と、だ」

もっと、もっと、と乞われながら両脚が大きく開かれ、互いの局部が限界まで密着した。

「んんぅあっ、あああっ、あーっ！」

あられもない達し声を響かせ、後頭部を床に擦り付けながら背を浮かす。子宮の入り口の柔らかく敏感な肉輪が雄根の先を包み込み、ねだるように吸引する。

びくびくと痙攣しながら舐めすする動きに、アデラールの牡も屈服する。

ああっ！　と雄叫び、腰に力を込め、エレインの身体が浮くほど強く突き上げ、互いが喉を締め呼吸を止めた瞬間、膨張しすぎた剛直が内部で弾け、滾る白濁が内部に吐き出される。

終わったと思ったのはエレインだけで、アデラールはそのまま抜かず、力を失わない屹立をエレインの蜜壷につきたてたまま、膝を器用につかってエレインの身体を反転させ、こんどは後ろからのし掛かる。

「ふあ……や、それ……、だめっ、感じ、すぎる」

座ってした時とは違う。腰を振って穿たれる衝撃と強さとは違う。ただ、子宮口に尖端を押し当てたままじわりじわりと体重を掛けられるもどかしさと、蜜とともににじみ出る快感にエレインが悲鳴を上げる。

「やあ、動いて……お願い、動いてぇ」

絶頂に至りそうで至れない。どうにも溜まらず膝をすりあわせ、腰をくねらせ十刺激を求める身体が動くが、それがどれだけ男の劣情を燃え立たせるのかわからない。

「はあ、いいな。痙攣しながら俺を締め付けて……一晩中だってこうしていられそうだ」

一晩という時間の長さを思って気を遠くしていると、アデラールは腰を固定したまま背中の擦り痕や項に吸い付き、歯をたててと女体を弄ぶ。

もう無理だと何度も訴えた。

シーツに爪をたてて、雌となって嬌声を放ち啼いた。

「駄目だ。まだ許さない。……俺がどれほど心配したか。お前を失う恐怖にかられたか。くそっ……」

半分呻くように言うと、アデラールはエレインの首筋の髪をかき分け項にかぶりつく。

そうしてそのまま激しく腰をふりたてだした。

貫かれるごとに、気が遠くなるほど快楽に穿たれ絶頂に達した。

もう自分がなにをいっているのかわからず、ただただひたすらにアデラールの名を呼ぼうとしていたことだけが、愛していると繰り返し告げようとしていたが、まるでろれつが回らない。

それでも、愛する男には自分が愛する女の気持ちがわかったのか、より一層激しく濃密に身体を密着させては屹立で攻めたて、放ってはまた抽挿することを繰り返した。

そうして夜が更け、シーツも身体も汗や体液でぐちゃぐちゃになってしまったが、二人はもうそれさえもかまわず、睡魔に襲われてなお、互いを求め抱き合ったまま眠りに落ちていったのだった。

あとがき

こんにちは華藤りえです。

ご縁がありまして、蜜猫文庫様では三冊目となる小説を書かせていただきました。

こうして同じ出版社様から書く機会をいただけて、とても嬉しいです。


今作は、色んな事情があって虐げられた上、異母妹に婚約者を奪われた姫が借金のカタに異国へ嫁ぐこととなって……という話です。

とはいえヒロインのエレインは結構前向きな上、ヒーローのアデラールがぐいぐい引っ張っていくタイプなので、全体的に軽やかというか、ダダ甘い話になっております。

舞台については当初、オーストリアを予定していたのですが、フランスとイギリスのほうが対立っぷりが楽しいかなと思って変更してしまいました。

ひさしぶりのお姫様もので、最初に書き上げたパターンではまったくテンポがつかめず、ほぼ八割書き直してしまったという（編集さまには本当にご迷惑を……反省してます）、かなりの難産っぷりでしたが、無事に形になって安心しております。

書き直し前より、さらにパワーアップした童貞ヒーローをお楽しみください！

ここ一～二年、体調やいろんなことがあって小説をほとんど書けない時期が来ましたが、この作品から、また気持ちも新たに書き続けていけたらなと思います。

さて近況ですが、公ではここで告白しますが。

……じつは救急車に乗ったり、輸血したりとしていました……。

いやあ、人生三度目だか四度目の救急車ですが、まったく記憶がありません。もったいない。現代物を書く時に活かせたらと思っていたんですけど、残念です（笑）

しかも先日、暖かい沖縄在住にもかかわらず体温が三十四度という、人外の値を叩きだして、南国で低体温症とは……と遠い目をしてしまいました。

マンガとかドラマで、雪山の低体温症の時に「寝るな！」とビンタを繰り返すところを見て「起きないわけがない」と思ってましたが、あんなんじゃ起きません、本当にすごい眠気です。びっくりしました。

原因は自律神経の乱れ（気温の差が激しすぎた上、床でねちゃったのが駄目だったみたい）だとか。

今年は寒暖差がきつい冬となるとの話も聞きますので、皆様もお気をつけを。

暑いといって、薄着でいるのは危険です……。

とはいえ転勤して二年、沖縄の気候にも慣れて来たのか十八度で寒いです。

この調子で本州に戻って、ホワイトクリスマスとか雪とかに遭遇したらと思うと、ちょっと生きていけるかなと心配ですが、多分それはそれで慣れる……と思います。人間、あんがい適応力あるものだと信じたい。

(でも夏の暑さには一生慣れられる気がしない華藤です)


さて、ここからは御礼となります。


今作のイラストは、天路ゆうつづ先生が引き受けてくださいました。キャラクターをデザインからとても麗しく、繊細な線と美しい肉体美にドキドキしました。心より感謝しております。ありがとうございました!

また、一発目で頭を抱えるような妙な話を書き上げてしまい、その後ギリギリまで怒濤の書き直しという山道を選んだ華藤に、根気強くお付き合いくださった編集様には足を向けてねられません。

この本が出たのは両者のおかげです。

最後になりましたが、この本を手に取っていただいた読者様に感謝しております。

ほとんど新刊がない中、かわらず応援してくださった方々、ご感想の手紙をくださった方々にとても励まされました。感謝！

冬の中、少しでも暖かい気持ちになっていただければと思います。

そしてまた、本作でも楽しんでいただき、次も楽しみにしていただけたならと願いつつ筆をおきます。ありがとうございました。

華藤りえ

蜜猫 Mitsuneko Label

蜜猫文庫をお買い上げいただきありがとうございます。
この作品を読んでのご意見・ご感想をお聞かせください。
あて先は下記の通りです。

〒102-0075 東京都千代田区三番町 8 番地 1 三番町東急ビル 6F
(株)竹書房　蜜猫文庫編集部
華藤りえ先生 / 天路ゆうつづ先生

離婚前提のお飾り王妃のはずがスパダリ英雄王と溺愛新婚生活始まりました!?

2023 年 12 月 29 日　初版第 1 刷発行

著　者　華藤りえ　©KATOU Rie 2023
発行者　後藤明信
発行所　株式会社竹書房
〒102-0075 東京都千代田区三番町 8 番地 1 三番町東急ビル 6F
email : info@takeshobo.co.jp
デザイン　antenna
印刷所　中央精版印刷株式会社

地味で目立つのが嫌いな薬草姫は超絶美形の国王陛下に愛でられまくって後宮脱出できません

山野辺りり
Illustration 旭炬

……言ってほしい。そうしたら君が望むものをあげるよ

アレイサン国の後宮に入れられた王女ティアは、五年、国王のお渡りがなかったら国に帰れるというので目立たぬよう潜んで暮らしてきた。だが期日まであと五日の夜、薬草園の世話をしていたところを若き国王カリアスと知り合い気に入られてしまう。「無理強いはしたくない。だが諦めるつもりもない」前王の作った後宮は解体され残っていたのは忘れられていたティア一人。美しく孤独なカリアスに熱く求愛され揺れ動く彼女は!?

蜜猫文庫